君だけは思い出にしたくない

Rinka & Ryosuke

吉桜美貴

Miki Yoshizakura

目次

君だけは思い出にしたくない

「誰だ？」

世にも不機嫌な顔で、和装の男は言った。

野川凛花はひるみそうになるが、すぐさま営業スマイルを顔に貼りつけて尋ねる。

「若御門遼介さまですか？」

男は肯定も否定もせず黙している。男の身長は一八〇センチメートルを超えているだろうか。玄関の引き戸に寄り掛かり、険しい顔で凛花を見下ろしている。浴衣の袖から見えた左腕は筋肉質でよく日焼けしていた。くしゃくしゃの黒髪は伸び放題で、無精ひげがシャープな頬骨を覆っている。眉は眉尻に向かうほどキリッと上がり、一重のクールな双眸は殺気立っていた。

テレビで見たときと随分印象が違うなと、凛花はそれとなく相手を観察する。てっきり柔和なお坊ちゃまタイプかと思っていたけど予想よりも遥かにワイルド……というより、目つきが悪くて凶悪犯みたいだ。

彼はよくワイドショーや討論番組にコメンテイターとして出演していた。堂々とした物腰に、はっとする美貌の持ち主だったのに、今は見る影もない。

事前の情報にあったとおり、左足にギプスをしているから、この男が若御門遼介で間違いないだろう。確か年齢は凛花より二歳年上の二十八歳のはずだ。

凛花は営業スマイルをキープしながら事務的に言葉を続けた。

「申し遅れました。私、株式会社ハートフルアンバサダーの野川凛花と申します。派遣のハウスキーパーをやっております」

「ハウスキーパー？」

「はい」

凛花は愛想よくうなずき、お決まりの口上を述べる。

「炊事や掃除などの家事全般や、介助の必要な方のサポート。他にも書類作成や電話応対といった秘書的な業務も承っております。弊社はお客さまへの心のこもったサービス、温かく細やかな介護をモットーに活動しております」

「頼んでない」

遼介はにべもなく言って引き戸を閉じようとした。凛花はとっさに足を踏み出して、刑事ばりに閉扉を阻止する。遼介は露骨に眉をひそめた。

「本日は弊社の社長である若御門礼子の依頼で参りました」

凛花は懸命に引き戸を押さえながら言う。

「叔母の……？」

聞き返した遼介の表情が少し和らいだ。

「はい。遼介さまのお世話をするようにと」

そう言いながら凛花は、遼介の背後にそっと目を遣る。

武家屋敷みたいな大豪邸にふさわしく玄関は広々としていた。三和土には綺麗に石が敷き詰められ、銘木で作られた式台はつやつやと光沢を放っている。玄関の真正面には円形の見事な透かし障子が貼られており、その前にウン千万はしそうな壺が鎮座していた。さらに壁には、超有名な日本画家の絵が掛けられている。

――さっすが旧若御門財閥の別荘は違うなぁ。どこかの美術館みたいなんですけど。贅沢とは無縁の人生を送ってきた凛花は思わず感心してしまう。そんな凛花を、遼介は不躾な視線で、頭の先から爪先までじろじろ眺めている。

凛花は急に場違いな気がしてきた。彼の目に自分がどう映っているのか心配になる。本日の凛花はふんわりパーマの黒髪をきっちり束ね、ゆったりしたベージュのニットに、くるぶしの上まである黒のパンツというラフな格好だ。

ハウスキーパー、そして介護職というのはなかなかの肉体労働で、動きやすさが重要だった。もともと化粧に興味はなく、普段からベージュピンクの口紅を薄く引いているだけだ。職場には派手な女の子が多いので、同僚からは「清楚系女子」と評されることもある。灰色がかった黒い瞳にまぶたは幅のある二重で、鏡を見るたびに、我ながら眠そうな顔だなと思う。鼻は高くも低くもなく、強いて言えば下唇がふっくらと厚めなのが特徴だろうか。

美人でもなければ不細工でもない。どこか気怠そうな雰囲気の、これと言って目立つところのない女。

以上が凜花の自己評価だった。

「おい。もしかしてこれ、あんたの荷物か？」

遼介は迷惑そうに顎をしゃくる。

見ると、玄関の式台を上がったところに大小さまざまな段ボール箱が並べられていた。ケア用品や食材、衣類や医療品など凜花の仕事に必要なものがすべて揃っている。ちゃんと届いていたのねと、凜花は満足して微笑み「そうです。私のです」と言った。

「今朝いきなり届いたんだ。送り主に覚えはないし、返送しようと思っていた」

「申し訳ございません。礼子さまから連絡がいっていると思っていたんですが」

「どっちにしろ帰ってくれ」

「え？」

「叔母の指示だろうがなんだろうが、頼んでないものは頼んでない。帰ってくれ」

遼介は怠(だる)そうに松葉杖(まつばづえ)を脇に挟むと、くるりとうしろを向いて式台に上がった。

「ちょっ、ちょっと待ってください！　帰れって言われてもどうやって帰ればいいんですか？」

東京から新幹線で約二時間半。私鉄の特急に乗り換えて一時間。そこからバスに乗り換えて山を越えて二時間。さらにバス停から歩いて三十分。合計六時間近くかけてここまでやって来た。間違いなく今日中に東京まで戻れない。いや、最寄りの駅まで戻れるかも怪しい。

「もう最終バス行っちゃったんですけど？」

現在時刻は十六時過ぎ。ド田舎(いなか)は終バスも信じられないほど早い。

遼介は鬱陶(うっとう)しそうに振り返り「歩いて帰れば？」と冷たく言った。

凛花は信じられない思いで目を見開く。

――歩いて帰ればですって？　何十キロあると思ってんの？　あの山道歩いて帰れとか、鬼なの？　悪魔なの？

「なら、せめてタクシーを呼んでください！」

凛花は猛然と主張した。

「こんなところにタクシーなんか来るかよ」

遼介はせせら笑う。

「そんな……困ります！」

屋敷は山の渓谷を切り拓いたところにポツンと建っていた。西側に木々が茂る山の斜面、東側の谷底に大きな渓流がある。人家は他に見当たらない。表に遼介のものらしき高級車が停まっているけど、足を怪我している彼に運転は無理だろう。

「私、どうすればいいんですか？」

「知るかよ」

遼介はふたたび引き戸を閉じようとした。凛花は必死で引き戸を押さえ、閉じさせまいと粘る。遼介はイライラと舌打ちした。

「そこ、どけよ」

「ちょっと待ってくださいってば！」

引き戸を閉じようとする遼介と開けようとする凛花。二人は睨み合いながら、ギリギリと戸を掴む手に力を入れた。二人の力で古風なガラス張りの引き戸がガタガタと震える。右手も怪我をしている遼介は左手だけで、凛花の両手の力に拮抗していた。

──ちょっと、ここで帰されちゃったら話が終わっちゃうじゃないっ!!

凛花は両手に力を入れて必死に踏ん張る。

そのとき、携帯電話の着信音が鳴り響いた。

──あ、私のだ。

慌ててキャンバスバッグからスマートフォンを取り出し、液晶画面を眺める。

「あ、社長からだわ」

わざと大きな声で言い、指先で通話ボタンをタップした。遼介はその様子をじっと見つめている。

「はい。野川です」

『やっほ〜凛花ちゃん？　礼子よぉ。無事着いた？』

受話口から若御門礼子の能天気な声が聞こえてくる。

「はい。無事に着きました」

『もうクッッッソみたいなド田舎でしょ？　水道と電気通ってるのが奇跡なのよ。その辺の山って全部若御門の敷地で、その忍者屋敷もすごく歴史があるの。ワケありの人が身を隠したりするのに使ってたらしいのよね。罪人匿ったりとか時の権力者の落としだねが住んでたりとか、逢引きとか？』

礼子はどこまで本当かわからない話をペラペラとまくしたてる。

『うちの甥っこちゃん、例の事件で大騒ぎになってマスコミにあれこれ取り沙汰されたでしょ。それでほら、パパラッチに追いかけられるのに疲れちゃったみたいなの。あ、うちのスウィートな甥っこちゃんにはもう会えたのかしら？』

「今、ちょうど遼介さんにお会いしたところなんです。スピーカー通話にしますね」

遼介を気にしながら、凛花はスピーカー通話に切り替えた。

『あら。じゃあ遼タンもそこにいるのかしら？　おーい、遼ターン？　聞こえる？　怪我の具合はどぅお？』

礼子の明るく屈託のない声が響く。若々しい声だが、彼女はこれでも去年還暦を迎えていた。

——遼タンだって！　どう見ても遼タンってガラじゃないでしょ。

凛花は噴き出しそうになるのを必死に堪える。

「叔母さん！　その呼び方はやめてください」

遼介が焦った様子で言う。

『あらぁ。だって遼タンは遼タンじゃない。私の中ではいつまでもちっちゃくて可愛くてオネショしてた愛しの遼タンなのよ♪』

「と、とにかく。勝手なことをされては困ります。彼女にはお引き取り願います」

『えーっ？　でも、誰か寄越してくれって頼んできたのは遼タンじゃなーい』

「それは僕と同じぐらいの体格の男を頼んだんであって、家政婦を頼んだわけじゃありま……」

『大丈夫大丈夫。凛花ちゃん超優秀だから』

礼子は明るい声で遼介の言葉を遮り、さらにペラペラ喋り続けた。

『お料理上手だし、テキパキしてるし、パソコンも使えるし、とっても有能なのよ。彼女は我が社のエースなんだから』

「有能だろうが関係ない。勝手に押しかけられても困ります。帰ってください」

『えぇーっ⁉ どぉしてそんな冷たいこと言うのぉ？ 大体、帰れなんて言っても、そんな秘境じゃバスも電車もないじゃない。冷たいこと言わないで、一晩ぐらい泊めてあげて。私の頼みでわざわざ行ってくれたんだから。お部屋はいっぱいあるでしょ？』

「それはそうだが」

遼介は嫌そうに凛花をちらりと見てから付け加えた。

「わかりました。ですが、一晩経ったら帰ってもらいますよ」

『そう言われてもねぇ……代わりの男性スタッフなんていないのよ。それに遼タン、介助なしじゃご飯もお風呂も一人じゃ無理でしょ？ だって右手指切断に、左足骨折ですもの』

礼子に聞いた情報によると、遼介は高速道路で自動車事故を起こし、右手の指を切断した上に、左足指のつけ根にある中足骨(ちゅうそくこつ)を骨折したそうだ。幸い手の指の接合手術は成功したが、リハビリを含めて全治三か月と診断された。左足も皮膚に損傷のある複雑骨折で手術をしたばかりで、感染症の心配もあるから安静が必要らしい。

『私が行ってあげられればいいんだけど、困ったわ。私、虫が苦手なのよ……』

礼子は鼻にかかった声で言う。

「結構です。僕が自分で手配しますから」

遼介はピシャリと断った。

『手配って、業者に頼んでまた情報をリークされたいの？　あっという間に、そこへマスコミがわんさか押しかけるわよ？』

「それは……」

『だったら、病院に戻りなさい！』

「冗談じゃない。それだけは絶対嫌だ！」

『なら、凛花ちゃんに手伝ってもらうのね。これは叔母としての命令です！　ちょっと凛花ちゃんに代わってくれる？　二人だけで話がしたいの』

凛花はスピーカー通話から通常の通話に戻し、遼介に聞こえないようにしてから「もしもし？」と声を掛けた。

『凛花ちゃん？　ごめんなさいね。うちの甥っ子、ちょっと気難し屋さんなの』

「いいえ。大丈夫です、全然」

凛花がちらりと目を遣ると、遼介はむちゃくちゃ怖い顔で睨んでいた。

『口ではああ言ってるけど、たぶんひどい状態だと思うの。ご飯もまともに食べてないだろうし、お風呂も入ってないいんじゃないかしら。悪いんだけど、どうにかして面倒見てあげてくれない？　本人は嫌がるだろうけど、そこをなんとか支えてあげて欲しいの。あなたの力で』

「はい。やってみます」

『たぶん、マスコミに追い回されたせいで、ちょっと人間不信になってるのよ。ほら、一般の人に写真撮られたりしたでしょ？』

凛花の脳裏に週刊誌の記事が蘇った。

病院の看護師が、入院している遼介の写真をネットにリークしたのだ。滅多にないこととはいえ、気の毒な話だ。

『だから病院も嫌がって逃げ出しちゃって……可哀想なの。遼タン、元はそんなに悪い子じゃないのよ。頭もイイし、顔もイイし、とってもお茶目で優しい子なの。どこかの業者に頼んだら、また病院の二の舞いになるわ。だから凛花ちゃんに是非ともお願いしたいのよ』

「私もできるだけ力になりたいです」

『もしうまく住み込むことができたら、報酬は約束してた額の二倍払うわ』

礼子はさらりと条件を上げてきた。

「えっ、本当ですか？」

『もちろんよ。あとはあなたの手腕次第。時間を稼いで、遼タンの懐にうまく入り込むのよ！』

「承知しました」

『またスピーカーにしてくれる？』

言われたとおり通話を切り替えた。聞こえるよう、遼介の前にスマートフォンを差し出す。

『遼タン？　おばさんね、お見舞いになにか送ろうと思うんだけど、なにがいいかしら？　遼タン、現金なんてうなるほど持ってるし、お金じゃアレかなぁと思って……』

「要りません」

『お菓子なんかも要らないわよねぇ』

礼子は人の話をまったく聞かず、しばらく思案してからこう言った。

『あ、あれはどうかしら？　ぬいぐるみ！』

――ぬいぐるみですって？

またしても凛花は噴き出しそうになる。

「そ、そんなの要るかよっ!!」

『あらぁ。そう言うけど、あなたほら昔……なんだっけ？　ステゴサウルス？　トリケラトプス？　恐竜のぬいぐるみが一緒じゃないと眠れないって、わあわあ泣いてたじゃなーい』

「それは小さい頃の話だ！　と、とにかく、今夜は仕方ないから泊まってもらいますが、明日になったら引き取ってもらいますから」

『わかったわ。じゃー、お見舞いは大きなぬいぐるみにするわね。あなたも大きくなったことだし』

堪（たま）らず噴き出すと、遼介に射殺（いころ）される勢いで睨（にら）まれた。

意外と優しいところがあるじゃない、と思う。なんだかんだ言って礼子に譲歩し、完全に否定しないし切り捨てない。取り付く島もない鬼みたいな男でも、どうやら叔母に対する愛情はあるらしい。

『じゃー二人とも、仲良くやるのよ？　凛花ちゃんが美人だからって、手つけちゃダメだからね！　あ、もちろん双方合意の上なら、おばさんうるさいこと言わないから。ふぉっふぉっふぉ』

「そんなことするか！」

『それじゃ、アディオウス！　オルボワール！』

通話はそこで一方的に切れた。

「というわけで、一晩お世話になりますね」

凛花はすかさず言って微笑んだ。

遼介は舌打ちしてから、「今回は叔母に免じて屋敷に入れるが、明日の朝一で帰れよ」と念を押した。

「はい！」

元気よく返事をした凛花は、内心、それはどうかな？　とほくそ笑む。

「勝手に上がってくれ。悪いがこんな状態なんで部屋に案内もできないし、お茶も出せない。空き部屋は腐るほどあるからどこか適当に使ってくれ」

「大丈夫です。お手を煩わせたりしませんから」

凛花はそう言うと、玄関に届いた荷物をてきぱきと仕分けし始める。遼介は呆れたようにそれを眺めたあと、松葉杖をつきながら屋敷の奥に消えていった。

凛花はよし、と小さくガッツポーズを決める。

なんとか屋敷に入れたぞ。どうにか彼の信頼を勝ち取って、絶対にこの仕事を成功させなくちゃ！　明日の朝までが勝負だ。

なんたって、報酬は二倍なんだから！

「うっわ……。ナニコレ……」

キッチンに足を踏み入れた瞬間、凛花は思わず声を上げてしまう。

若御門邸のキッチンはゆうに二十畳はあった。

ヨーロッパ風のインテリアで、リフォームしたてなのか壁も床もピカピカだ。中央に大きな大理石のカウンターがあり、東側は天井までガラス張りの開放的な空間だった。巨大な冷蔵庫に、四口もあるガスコンロ、埋め込み型のオーブンレンジは最新式でレストランの厨房みたいだ。これなら料理教室でも開けそう。

しかし、そんな立派な設備が台無しになるほどキッチンは荒れ放題だった。

ビールやチューハイの空き缶、パンやお菓子のビニール袋、中身の残った缶詰やカップ麺がカウンターや床に散乱している。その上、空き缶からこぼれた液体や食べ残しが、ひどい腐臭を放っていた。エネルギー飲料や栄養ドリンクの瓶も交ざり、彼がまともな食事をしていないことは一目瞭然だった。

こりゃあよっぽどだぞ。料理をする前にまずは掃除しないと……

凛花はエプロンをつけ、さっそく作業を開始した。まず、玄関から運んできた食材を冷蔵庫に入れていく。幸い冷蔵庫の中は空っぽですべての食材が収まった。

次に床やカウンターに散らかったゴミを分別しながらゴミ袋に拾い集めていく。腐臭を放つ生ゴミは、袋の口をきつく縛って勝手口から外に出した。天井まである掃き出し窓を開け放つと、秋の爽やかな風が吹き込んでくる。淀んだ空気が、すーっと浄化されていく気がした。

九月の上旬。都心はまだ残暑が厳しいけれど、山奥のこの辺りはすっかり秋の気配に包まれていた。薄手のニットだけでは少し肌寒く感じる。

青々とした葉が目に眩しく、重なり合った木々の隙間から、勢いよく流れ落ちる渓流が見えた。耳を澄ませると、ザァァーッという水音が聞こえてくる。山の清々しい空気を胸いっぱいに吸い込み、よし、と気合を入れ直した。そして、掃除用具入れからほうきとモップを見つけ出し、ほこりの積もった床を丁寧に掃いていく。

凛花は無心かつ着々と作業を進めていった。ハウスキーパーの仕事に就いて六年目になるが、住み込みは一度も経験がない。今回は礼子社長たっての依頼だし、思い切って引き受けることにした。なにより破格の報酬が魅力的だった。特別ボーナスと特別出張手当という名目で月収の三倍ほどの金額が支給される。

しかも、さっきの電話によれば、その報酬がさらに二倍だ……

それだけ払ってでも、必要な仕事ということ？

若御門遼介に個人的な興味はない、と言えば嘘になる。

世の若い女性にとって、若御門遼介は良くも悪くも気になる存在だと思う。

彼の経歴は華々しい。誰もが知るアメリカの一流大学の大学院を修了したあと、世界的な有名ブランドのマーケティング部門に就職し、若くして日本支社長まで上りつめた。二十八歳になると、コミュニケーション・コンサルタントとして独立。高いセールス力や交渉力、プレゼンテーション能力を活かし、日本のビジネスマンを支援していた。開催するセミナーは超満員、講演会には引っ張りだこ。自己啓発系の著書を多数出版し、テレビやネットで顔を見ない日はなかった。

コンサルタントという肩書を持つタレントは、他にもたくさん存在する。その中で、彼が注目を浴びている大きな理由は、整った容姿にあるらしかった。まさに異彩を放つという言葉がぴったりで、彼は立っているだけで独特の存在感があった。「ｔａｌｅｎｔ」の単語が持つ本来の意味どおり、「特別な才能」のある人だった。

長身で、モデルのように小さな顔と長い手脚、そして凛としたたたずまいはテレビ映えも抜群だ。遼介は、的確なコメントと若者らしい舌鋒の鋭さで人々を魅了していった。メディアは視聴率を稼げる彼をこぞって起用し、その発言はたちまちＳＮＳで拡散される。ＯＬや主婦たちの好きなタレントランキングでは常に彼の名前が上位にあり、学生たちは彼の生き方を真似しようと著書を買いあさった。

時代の中には、時として大きな渦の中心に立つ存在がいると思う。表舞台に現れて一躍脚光を浴びると同時に、批判も受ける人物だ。いわゆる「時代の寵児」と呼ばれる人々で、若御門遼介がその一人であることは間違いなかった。

――例の事件が起こるまでは。

要するに私とは住む世界が違うんだよねと、凛花はキッチンのシンクを磨きながら思う。

遼介とはさっき玄関で会話を交わして以来、顔を合わせていない。彼は家の奥へ引っ込んでしまったきり、出てくる気配がなかった。歓迎されない身で深追いするのも気が引けて、凛花はこうしてこっそりキッチンを掃除している。

時刻はもうすぐ十九時になろうとしていた。初日にやるべき仕事は、まず荷物をほどいて作業環境を整え、晩御飯を作ることだった。礼子の個人的なサポートもあり、高品質で鮮度のよい食材をたくさん仕入れてある。

掃除がようやく一段落し、凛花はさっそく調理に取りかかった。フライパンや鍋やおたまといった調理器具はキッチンにすべて揃っている。一心に米を研いでいると、ここへ来る前に礼子から言われたことを思い出した。

——根本的にはなにも解決していないのよ。相変わらず誹謗中傷の嫌がらせがあとを絶たないし。なにより、信頼していたパートナーに裏切られたダメージが一番大きいと思うの。

礼子は、遼介の現状についてそう語った。

彼の身に起こった一連の事件——傷害事件の発覚、証拠の音声データの公開、そこから始まる世間の苛烈なバッシング。マスコミに追われて自動車の単独事故を起こし、入院先の看護師によって画像を流出された……

この数か月、マスコミは彼の話題で持ちきりだった。きっと彼にとってはジェットコースターのような日々だったことだろう。

凛花も事件についてまったく知らないわけではない。ネットニュースやワイドショーを見れば、常に遼介の話題が流れていた。事件直後はまだそれほど彼について詳しく知らなかったけど、かなり悪意のある報道だと感じられた。

まさか、その遼介と礼子が親戚同士だとは。

礼子によると遼介の父親は婿養子で、若御門家の血を引くのは母親のほうらしい。母親は遼介が学生の頃に他界し、以来、彼女の妹である礼子が母親代わりになって彼のことを気にかけてきたそうだ。一連の事件のあと、遼介をこの山奥の別荘へ匿ったのも礼子の判断らしかった。

遼介がここにいることは、礼子と凛花しか知らない。

なんだかひどく非現実的だなぁと、凛花は思う。あの有名な若御門遼介と同じ屋根の下にいる実感が湧かない。明日の朝、目が覚めたら、荻窪にある自分のアパートに戻っていそうだ。

ピピーッと炊飯器が鳴り、お米が炊けたことを告げる。辺りに白米のいい匂いがふんわりと漂っていた。土鍋に用意しただし汁もちょうど煮立っている。材料はすでに切り終えていたし、完成までもうすぐだ。凛花は切った材料とごはんを土鍋に入れ雑炊を作り始める。仕上げに溶き卵を入れ土鍋に蓋をした、ちょうどそのとき。

「おい。勝手になにをしている？」

不機嫌な声がキッチンに響いた。

声のしたほうを向くと、遼介が凶悪な顔で立っている。

「勝手なことをされちゃ困る！」

遼介は鋭く凛花を睨みながら言った。

獰猛なオオカミがぐるぐる喉を鳴らして威嚇しているイメージが、凛花の脳裏をよぎる。

「すみません、勝手なことだっていうのはわかってたんですけど……」

凛花は相手の神経を逆撫でしないよう優しく言った。

「叔母さんが君にどう説明したのか知らないが、こんなことをされても僕としては迷惑なんだ！」

「そうですね。ご迷惑そうだなぁというのは、充分伝わってきます。ですが、私としても一応契約に基づいた仕事ですので……」

「君としても困っている、そう言いたいのか？」

遼介の表情が少し和らいだ気がした。

「端的に言えば、そういうことです」

「こういう場合はどうなるんだ？　君の雇用主は誰になるわけ？」

「それはもちろん若御門礼子社長です」

「じゃあ、僕が説得すべきは君じゃなくて、叔母さんということになるのか？」

「あ、素晴らしいですね。話が早いです。そのとおりです。通常はご家族同意の上でこういったハウスキーパーをご依頼されるのですが、まれに今回のように、ご家族の間で意見が割れているケースもございます」

「要するに、君としては、叔母と話し合ってとっとと決めろってことだな？」

「はい。そこまで命令口調ではありませんが、話し合って頂くのが最良かと」

「よくわかったよ」

遼介は「よく」のところに力を込めて言った。

「ご理解頂けて幸いです」

「じゃあ、僕のほうで明日の朝までに叔母と話をつけておくから。君は今夜ここに泊まって、明日一番のバスで帰ってくれ。僕はこんな怪我だからバス停まで送れないけど、ここまで来られたんだ。帰ることだって可能だろ？」

「はい。そういうことでしたら、私としても問題ありません。社長に帰れと言われれば、速やかに帰ります」

「それなら結構だ」

遼介はくたびれたようにため息を吐いた。

キッチンに沈黙が下り、初秋の虫たちの音色がひときわ大きく響く。チチチチ、リンリンリーンとまるで一斉に鈴を鳴らしているかのようだ。

彼は少し痩せたみたいだった。テレビで見たときより頬がこけ、首回りも細くなり、喉仏(のどぼとけ)が尖って見える。着ている浴衣(ゆかた)もひどく乱れているし、どう見ても彼には生活を助ける人が必要だった。家政婦じゃなくても、家族とか友人とか恋人とか。

満足に歩けない上に右手が使えないのでは、さぞかし不便だろう。

そのとき、遼介がチラッと土鍋に視線を走らせた。

「あのー、カニ雑炊(ぞうすい)を作っているんですけど、召し上がります？」

声を掛けると、遼介は横目でこちらを見る。

「たくさん作ったので是非どうぞ。カニは社長からの差し入れで、水揚げされたものを空輸してきたらしいですよ？」

「いや、しかし……」

そう言いながらも土鍋に注がれる遼介の視線は、熱い。

「今夜だけですし、どうぞ召し上がってください。あと煮物と美味(おい)しいお漬物もありますよ。私としても、一宿の恩返しがしたいですし」

凛花は控えめに言いつつ、窓際のダイニングテーブルにお膳立てをしていった。そして、自分の分の雑炊(ぞうすい)はお椀によそってトレイに並べる。

「私はお部屋のほうで頂きますから、お一人でゆっくり召し上がってくださいね。左手でもスプーンとフォークなら食べられると思いますので」

「僕は……いいよ。要らないよ」

「ご遠慮なさらず。片付けはあとでやりますから、食べ終わったらそのままにしておいてください」

凛花は一方的に言うと、返事を待たずにトレイを持ってキッチンをあとにした。

遼介は追ってこない。長い廊下を歩きながら凛花はあれこれ思案した。

食べてくれるといいんだけどな。せっかくの高級食材がもったいないし。

それにしても、社長はどうするつもりなんだろ？　あの調子だと遼介さんは一歩も引かなそうだ。かといって、社長も社長で頑固だからなぁ……

礼子に帰って来いと言われれば異存はない。凛花は礼子の依頼の下で動いている。契約内容が変われればそのとおりにするだけだ。けど、このまま帰るのはためらわれる気がした。

彼は悪い人じゃないと思う。礼子と遼介の間に挟まれ凛花が困っていると見抜き、ちゃんとこちらの契約内容を確認してまっとうに対応してくれた。あれだけ苛烈なバッシングを受け続けていたら、見知らぬ相手の話など聞かず追い返してもおかしくないのに、彼はそうしなかった。

できれば彼の力になりたいんだけどな、と思いながら六畳の和室に戻る。

若御門邸は玄関を中心に、横長の長方形に近い形をしていた。
玄関ホールの左右の障子を開けると、板張りの廊下が建物をぐるりと回るように伸びている。その内側には、襖で隔てられたいくつものの和室があった。
凛花は部屋をいくつか見て回り、玄関から左手の角を曲がってすぐにあった六畳の和室を自分の部屋に決めた。本来ならこの家の主が決めるべきだろうけど、遼介はあんな調子だし「どこか適当に使ってくれ」という言葉どおりにするしかない。どの部屋も長らく使っていないせいか、空気が淀み、ほこりだらけでとても宿泊できる状態ではなかった。その中で、この和室は最近まで誰かが使っていたのかもしれないと思えるほど綺麗に掃除されていた。

この部屋はいわゆる書院にあたるのだろう。大きな床の間があり、書院障子と呼ばれる小さな障子窓が張り巡らされた欄間には見事な細工が施されていた。しかし、床の間にはなにもない。掛軸を掛けて壺でも置けばかなり見栄えがよくなるのに。

布団は隣の和室の押し入れにあった。少々かび臭いけど畳の上に直に寝るよりはマシだろう。明日天気が良ければ布団を干そうと、心に誓う。一人で夕食を食べたあとに布団を敷き終え、スーツケースの中身を部屋に広げて整頓し、ようやく人心地ついた。

なんだかんだで時刻は二十一時半を過ぎている。とりあえず寝泊まりする準備は整った。あとは社長と遼介の話し合いさえまとまれば……

凛花はスマートフォンを取り出し、SNSを立ち上げる。ちょうどそこに、社長からメッセージが届いた。

若御門礼子：やっほー。遼タンとうまくやってる？

凛花は液晶画面をタップしながら、礼子にメッセージを返した。

野川りんか：お疲れ様です。明日帰れって言われました……
若御門礼子：聞いた聞いた。遼タンから激おこの電話かかってきた（笑）
野川りんか：どうなりました？
若御門礼子：契約続行に決まってるでしょ！
野川りんか：それで彼は納得しましたか？
若御門礼子：してないけど、気にすんなー。どうにかなるわーー！

凛花はメッセージを読みながら苦笑してしまう。

ここまでは想像どおりの展開だけど、彼も頑固そうだから先行き不安だ。あの調子だと強引に追い返されそうだし。

若御門礼子：事件については一切触れないで欲しいの。
野川りんか：承知してます。大丈夫です。
若御門礼子：さっすが凛花ちゃん。頼りになるわー！
野川りんか：ベストは尽くします。追い返されたら、すみません。
若御門礼子：全然オッケーよ。なにかあったら電話して。
野川りんか：ありがとうございます。おやすみなさい。
若御門礼子：おやすみー。

そこでやりとりは終わった。スマートフォンを充電器に挿し、ごろりと布団の上に横になる。

社長のことは好きだ。年齢を感じさせない若々しさも、常に新しいことに挑戦しているアグレッシブなところも尊敬している。誰に対しても偉ぶることなく、性格は無邪気でお茶目。いつも面白おかしく笑わせてくれる。このチャーミングな人みたいに年を重ねていけたら、と常々思っていた。

経営者としても優秀だと思う。いくつか別の会社の役員も兼務していて、順調に利益を上げているらしい。遼介のことを鑑（かんが）みると、若御門家は経営に向いている家系なのかもしれない。

――それに比べると私は実に平凡だな。

特技も資格もお金もない。短大を卒業して今の職に就き、この頃ようやくいっぱしの仕事がこなせるようになったぐらいだ。

凛花はいわゆる婚外子で、母一人子一人で育った。非常に貧乏だったけど、母はとても明るい人で、苦労しながらも愛情深く自分を育ててくれた。父は凛花が六歳のときに亡くなったらしいけど、会ったこともなければ顔も知らない。それでも母は、今も父のことを深く愛しているのだという。

凛花は母と二人で充分幸せだったし、見知らぬ父親に対して憎悪もなければ興味もなかった。

とにかく生活が苦しく、幼い頃から嫌というほど母親の苦労する姿を目の当たりにしてきた。そんな母を支えるために、学生時代は休みなくバイトをし、同時に奨学金をもらうための勉強も必死でした。卒業したらすぐ今の会社に就職して、青春を謳歌している友人たちから距離を置いて生きてきた。

母のことは愛しているし、感謝もしている。けど、私は母みたいになりたくない。一時の熱情に浮かされて苦労する羽目になるような失敗はしたくなかった。堅実な日々を過ごし、きちんと働いて独りでも生きていけるようになりたい。

彼の力になりたいという気持ちに嘘はないけど、凛花にとってはそれ以上に今回の報酬が魅力的だった。

できれば継続したいけれど……

そんなことを考えつつ、そろそろ寝ようと部屋の灯りを落とした。

初日の夜はこうして更けていく。

眠りに落ちる寸前、遼介は雑炊を食べたかな？　という疑問がチラッと脳裏をよぎった。

「というわけで、約束どおり、とっとと帰ってくれないか」

翌朝の八時前、遼介は凛花と顔を合わせるなりそう言った。

あまりの単刀直入っぷりに、思わず絶句してしまう。

気合を入れて五時に起きた凛花は、さっそく仕事に取り掛かり、超スペシャルな朝食をこしらえた。遼介は昨晩、かに雑炊も煮物も漬物も完食したらしく、一粒のご飯粒も残されていなかった。空になった食器をうれしい気持ちで洗ったばかりなのに。

「えーっと、確か昨日のお話では、礼子社長と話し合われるとのことでしたが？」

凛花は相手の顔色をうかがいながら尋ねる。

「叔母さんとは話し合った」

遼介はきっぱりと断言した。

どうもきっぱりしすぎている感じがするなと、凛花は冷静に見て取る。

遼介は今日も昨日と変わらず、みすぼらしい格好をしていた。もう何日も着ているのか、くしゃくしゃに皺の入った浴衣の襟がはだけ、たくましい胸筋がのぞいている。

「本当に社長と話し合われたんですね？」

凛花が念を押すと、遼介はジロリと睨み返すだけでなにも言わなかった。

仕方なくスマートフォンを取り出し、アドレス帳を開く。今ぐらいの時間なら社長は起きているはずだ。案の定、たったのワンコールで礼子は電話に出た。

『おはよう、凛花ちゃん。遼介がまたゴネてるのかしら？』

礼子は電話に出るなり、ずばりと核心を衝いてきた。

「おはようございます。朝早くにすみません。いえ、ゴネているわけではないんですけど……」

そう言いながら凛花は横目で遼介を見る。彼は苦虫を噛み潰したような顔をしていた。

「一応確認です。遼介さんは私が帰ることで社長の了解を得たとおっしゃっているんですが……」

『ぬあにぃ!? まーだそんなこと言ってるの？　いい？　何度も言うけど契約はこのまま続行よ。槍が降ろうが天変地異が起ころうが、たとえ数百億円積まれたって、私はテコでも意見を変えませんからねっ！　ちょっとスピーカー通話にしてちょうだい！』

　ぷりぷり怒っている礼子の指示に従い、スピーカー通話に切り替えた。

『遼介！　なに凛花ちゃんに嘘吐いてるのよ！　勝手な真似は許しませんよ‼』

　礼子はいつになく厳しい口調で言った。しかも昨日みたいに愛称ではなく、呼び捨てだ。

「勝手なのはどっちですか！　僕は家政婦なんて頼んでない！　僕の領域に土足で踏み込まないでください」

　だが、遼介も負けじと言い返す。

　凛花はハラハラしながら二人のやりとりを聞いていた。

『あなたはたった一人の甥っ子なの。私は多少無理をしてでもガンガン踏み込んで、あなたを守るわよ！』

「守ってもらう必要なんてない。僕は一人でどうにかなります。彼女を帰らせてください！」

『ぬぁーにが一人でどうにかなるよ！　どうせロクにご飯も食べずにガリガリに痩せて、一度も洗濯してないボロボロの浴衣でも着て、髪もひげも伸び放題で栄養ドリンク啜ってるのが関の山でしょうよ』

　礼子はまるで見てきたように言った。

横で聞きながら凛花は、千里眼（せんりがん）だなと感心する。

「そ、そりゃ、怪我もしているし完璧とは言えませんが、やっていけないレベルじゃない。助けは要らない。はっきり言って迷惑だ」

『迷惑？　そんなの、凛花ちゃんのほうがよっぽど迷惑をこうむってるのよ！　そんなこともわからないあなたじゃないでしょう？』

「もう、放っておいてくれっ!!」

遼介の悲痛な叫びが、凛花の胸にぐさりと突き刺さった。

絶望、苛立ち、無念、悲しみ……声の響きの中に、複雑に絡（から）み合った感情の糸が垣間見えた。急に悪いことをしている気分になってくる。彼の言うとおりだ。いくら家族だからって、彼の考えや生き方に土足で踏み込んでいい理由なんて存在しない……

『ねぇ遼介、なにをそんなに怖がっているの？　私のことを信用していないの？　叔母であるこの私が、あなたの害になる人物を送り込んだりするわけないじゃない』

「信用していないわけじゃない。ただ、もう放っておいて欲しいだけだ……」

『放っておくわよ。凛花ちゃんがあなたの生活に干渉することを恐れてるみたいだけど、それは思い込みというものよ。彼女はあなたの食事を作りにきただけ。あなたが望めば、一切顔も合わせず会話もせず、見えない妖精みたいにご飯だけ作ってくれるわよ。ねぇ、凛花ちゃん？』

突然話を振られ、凛花はどぎまぎしつつ答えた。

「もちろんです。できる限りお客さまのご要望どおりにします。見えない妖精みたいに振る舞えと言われれば、そういたします」

『遼介、聞こえた？　誰もがあなたに興味津々というわけじゃないのよ。凛花ちゃんみたいに仕事だけに徹する人もこの世には存在するの。彼女は信用できるわ。あなたのことをあれこれ詮索しないし、ましてや個人情報をリークするなんて有り得ない。何度も言うけど、そんな人間を送り込んだりするわけないでしょう？　私が何年経営者をやってると思ってんの？』

「……本当に食事を作るだけですか？　それ以外のコミュニケーションは一切ないと？」

遼介はまだ不信感が拭えないような顔で言う。

『あなたがそう望めばね』

「もちろん僕はそう望みます」

『よし、なら決まりね。凛花ちゃんの契約は続行。ただし、遼介とのコミュニケーションは一切ナシ。三食栄養たっぷりのご飯を作るだけ』

「見えない妖精みたいにね」

遼介が冗談まじりに言うと、礼子はうれしそうに便乗した。

『そう、見えない妖精みたいにね。朝、起きたら食卓にはゴージャスな朝ごはん。だけど、作った人の姿はない……それで行きましょう！』

「まったく、なんかいいように丸め込まれた気もするけど、もうそれでいいですよ」

『遼介、凛花ちゃんにお世話になるんだから、その傲慢で横柄な態度をどうにかしなさいよ！』

「わかったわかった」

『本当にわかってるのかしら？　凛花ちゃん、なにかあったらいつでも電話頂戴ね。おばさん、二十四時間仁王立ちして待ち構えているから。クレームでも悪口でも』

「わかりました。お気遣いありがとうございます」

凛花が御礼を述べると、礼子は満足げに言った。

『はい。じゃあ、この件はこれで終わり。じゃ私、出社するから。バイバーイ！』

そこで電話は切れる。

礼子のキャピキャピした声の余韻が、しばらくこの場に漂っているようだった。

「まったく、いつもこんな調子だ。叔母さんは今も僕のことを小さい子供だと思ってる」

遼介はぶつぶつ愚痴った。

「そうみたいですね。きっと遼介さんのことをとても大切に思われてるんだと思います」

「ああ。実はそうなんだ」

遼介は否定せず、ダイニングチェアに落下するように座った。テーブルには凛花が腕によりをかけて作った朝食が並んでいる。

「巻き込まれた君には申し訳ないけど、そういうことだから」

「承知しました。朝昼夜とお食事を作って、こちらにご用意しておきますね」

「僕のほうで、まぁ……いろいろあって、ちょっと参ってるんだ」

「大丈夫です。理由や経緯は問いません。こうしたいというご要望があれば無条件に従います。それが弊社の企業理念でもあります」

「素晴らしい理念だね」

「お食事の時間だけ教えてください」

その後、二人は食事の時刻を決め、その他生活に必要ないくつかの事項について話し合った。遼介は車の鍵のありかを教えたあと、こう付け加える。

「僕はしばらく車に乗れないから、表の車は好きに使っていい。鍵さえ元の場所に戻しておいてくれれば。あと、風呂もトイレも納屋も、この屋敷にあるものはなんでも遠慮なく使ってもらって構わないから。他になにかわからないことはある？」

「いえ、今のところありません。極力、自力でなんとかします。どうしようもないときだけ、指示を仰ぎにうかがってもいいでしょうか？」

「それで問題ない。助かるよ。ビジネスライクに徹してくれると」

では失礼します、と言って立ち去ろうとした凛花を、遼介が呼びとめた。

「まだなにか？」

「いや、君はその……僕の事件を……」

遼介はゴニョゴニョ言ってから、やがて首を横に振る。

「ごめん。なんでもない」

「そうですか。では、失礼します」

凛花は淡々と言って、遼介を残しキッチンをあとにした。

長い廊下を歩きながら、遼介とのやりとりを振り返る。彼はたぶん「僕の事件を知っているか」と聞きたかったのだろう。あるいは「僕の事件をどう思うか」とか。

事件のことには触れてはならないと、礼子にも念を押されていた。この仕事でもっとも大切なことは、お客さまのプライベートを詮索しないことだ。

とんでもないことを目にしたり耳にしたりしても、一切口外しない。見なかった振りをする。これが鉄則。見聞きしたことを第三者に話すなんて論外、写真をリークするなんてもってのほかだ。

口は災いのもと。

プロに必要なものはなにかと問われれば、余計なことを一切話さないことだと答える。

これは別に家政婦に限った話じゃない。他人を不用意に傷つけないためにも、自分を守るためにも必要なことだ。このルールは入社したときに社長の礼子に教わった。現場に出た今となっては、大切なことだと実感している。

とりあえずは追い返されなくてよかった……

一抹の不安を残しつつも、凛花は自室に戻ってうしろ手に襖（ふすま）を閉めた。

それから、二人の奇妙な同居生活が始まった。

毎朝凛花は六時に起床し、着替えてすぐキッチンへ行く。前日に遼介が食べ終えた食器を洗って片付け、朝食の準備に取り掛かる。一時間半ぐらいで作り終え、ダイニングテーブルの上にセットしてから自室に戻って自分の朝食を食べる。そのあとは洗濯だ。バスルームはキッチンの北側にあり、広々とした脱衣所に大型の全自動洗濯機が置いてあった。

昼食は十一時頃から作り始める。普段の仕事では、昼食か夕食のどちらかだけを作ることが多く、毎日三食作るとなるとメニューを考えるのに骨が折れた。

栄養価が高くヘルシーなメニューにし、なるべくバラエティに富んだ内容になるよう心を砕いた。その甲斐もあってか、遼介が料理を残したことは一度もない。彼とは顔を合わせないけれど、凛花が食事を作り、彼がそれを残さず綺麗に食べるという繰り返しで、目に見えない信頼関係が少しずつ構築されていくのを感じられた。

夕食作りに着手するのは十七時頃だ。カロリー計算をしつつ、ときどき甘いデザートも用意した。言葉を交わせない分、料理で好意を示したいと思ったからだ。私はあなたの敵じゃないですよ、あなたを応援しています、という気持ちを伝えたかった。

たまに廊下で遼介とすれ違っても「お疲れ様です」と言って目を逸らし、素早くその場を去った。目に見えない妖精のように振る舞うというミッションを遂行するべく可能な限り努力した。

毎日のルーチンを静かにこなしながら、空いている時間はほとんど読書に費やした。若御門邸には離れに大きな書庫がある。一棟丸々ぎっしり本の詰まった書棚という、ちょっとした図書館レベルだった。中には、凛花では判読できない古すぎる蔵書もあったけど、近代文学や最近の文庫、海外の翻訳ものなども交ざっていた。

空いた時間に脚立によじ上っては読めそうな本を探し、二、三冊引き抜いて自室に持ち帰る。「この屋敷にあるものは遠慮なく使ってもらって構わない」という遼介の言葉に甘えることにした。

この家には二人いるはずなのに、まるで一人で生活しているようだ。遼介と会わないように気を配ってはいるものの、特に監視の目もないし、うるさく言われることもない。ある意味、大変気楽な仕事だ。毎日料理を作っては本を読み、洗濯をして食器を洗って買い出しに出掛け、たまに使っていないほこりだらけの和室を掃除して過ごした。

　大自然の中で規則正しい生活を送っていると、自分の中でゆがんでいたものが、ゆっくりと正常に戻っていく気がした。無理をしたり、なにかを強制されたりすることもなく、言うなれば長らく患っていた腹痛がすぅーっと和らいでいくような、いい気分だった。

　都会でせわしなく仕事をしているうちに結構疲れていたんだなと、初めて自分の状態に気づく。こんな風に静かな場所で、住まいや金銭の心配をせず、軽い仕事をこなすだけでいいなんて。社長に感謝しなくちゃと思う。もしかしたら心の休暇を取らせてくれる意味もあったのかもしれない。

　ここへ来てから一週間が過ぎ、暦は九月の中旬に差しかかる。

　その夜も、仕事を終えてシャワーを浴び、眠るまでの時間を本を読んで過ごしていた。ここへ来てからはスマートフォンをいじる気になれず、もっぱら通話にしか使っていない。都内にいたときに進めていたゲームもハマっていたＳＮＳも放ったらかしだ。

　山奥の静謐にどっぷり身を浸し、じっと活字を追っているのが心地よかった。

　外では弱い雨が降り注ぎ、木立が揺れる気配がする。このところずっと雨だ。雨音に耳を澄ませたり、雨の匂いを嗅いだりするのは好きだった。絶え間なく落ちてくる雨粒が、山の空気をより清涼に変えてくれる気がする。

読んでいるのは遼介が著した『話し方で人を魅了する、三分の法則』という自己啓発本だ。この手の本を読んだことはなかったけれど、書庫の隅に積み上げられているのを見つけ、興味本位で手に取った。ページをめくると思ったとおりの内容で、ビジネスマン向けのスキルトレーニングの本だった。要約すると、話し方はすべての基本であり、話し方を変えるだけで劇的に交渉が有利になるというものだ。表情の作り方から声の出し方、TPOに応じた論旨の展開、好感度を高め相手の自尊心をくすぐる秘訣といった手法が図解つきで書かれている。

プレゼンテーションや契約交渉をする機会のない凛花にとっては無縁の本だ。けれど、読んでいるうちに文章の持つ熱量に引き込まれ、気づいたら次々とページをめくっていた。これを書いた遼介の熱い気持ちが自然と伝わってくる。

大きな夢を描き、強い情熱を傾け、「本当に人は変われる。変わろう、成功しよう」とまっすぐに訴えかけている。エモーショナルな輝きが、行間からほとばしってくるようだ。読んでいる者を力づけたい、ビジネスで悩む人を応援したい、そんな一途な愛情を感じた。

本を読み終わる頃には、この人はやっぱりすごいと本気で感動した。自己啓発本をどこか斜に見ていた凛花でさえこうなのだから、彼の考えに傾倒する読者が多いのもうなずける。

マスコミは彼のファンを「若御門信者」と揶揄していたけど、信者になる気持ちもわかるというものだ。自己啓発本なんて小手先の誤魔化しだと思っていた。しかし、もっと精神の深いところに根差し、生きる意味にまで触れているんだと認識を改めた。

凛花は読み終わった本を閉じて、目を閉じる。

こうして考えると、例の事件は本当に残念だったと思う。あの事件さえなければ、彼は今でも第一線で人々のために活躍していたはずだ。

彼の名前をネットで検索すれば、おびただしいニュースや動画や著書がヒットする。嘘か本当かわからない、女優やモデルとの熱愛記事まである。ゴシップに興味はまったくないけれど、お客さまのことをある程度知っておくのは大切なので、ひととおり目を通した。

例の事件については目を覆いたくなるほどひどい書かれ方をしていた。素人ながら名誉毀損で訴えれば勝てそうだと思ったけれど、どこから湧いてくるかわからない有象無象の匿名集団を相手にどう戦えばいいのか、まったく想像がつかなかった。

「遼介さんの事件は、冤罪なんですか？」

ここへ来る前に凛花がそう尋ねると、礼子は厳しい表情で答えた。

「冤罪かどうかなんて質問自体がナンセンスなのよ。遼介は少し目立ち過ぎたのね。知らずに嫉妬を買い、前もって用意された罠に嵌められたの。証拠はかなり用意周到に準備されている。冷静に見ても、遼介に勝ち目はないでしょうね」

「そんな……、どうにかならないんですか？　相手を逆に訴えるとか……」

礼子は首を横に振り、力なくこう答えた。

「私も遼介も、何人ものプロの手を借りてとことん検討したわ。でも、結果は〝否〟よ。今回は相手の策が周到すぎた」

「そんな……そんなのってあんまりです！」

「凛花ちゃん、よく覚えておいて。これは裁判で無罪を勝ち取ればいいという単純な話じゃないの。この世は概ね多数決で動いている。だから、多数の人がこの人は犯罪者に違いないと思えば、おのずとその流れになっていくのよ。さらに残念なことに、世間の人々は、誰かを裁きたいという暗い衝動を抱えているわ。よほど慎重に事を進めたとしても、まずこちらに勝ち目はない。暴力の本質ってそういうものよ」

「けど、なら、どうすれば……」

「私たちが信じて支えるしかないわ。だから、凛花ちゃんもあの子を信じて欲しいの。なにが正しいかじゃなくて、あなたがなにを信じるかよ。どう？　あなたは遼介を信じられそう？」

「もちろんです。私は社長を信じてます。だから……社長の信じる遼介さんも信じられます」

「それで結構よ」

礼子はうれしそうにニッコリ笑った。

「やっぱりあなたを選んで正解だったわ。今の遼介に必要なのは、彼の無実を信じる人を一人でも多く傍に置くことよ。そしてなにより三食きちんと取って、しっかり眠ることだわ。それが人間の基本だもの。そうでしょう？」

「そうですね。そのとおりだと思います」

「メンタルケアをしてくれなんて言わないから安心して。ただあの子にご飯を食べさせてあげて欲しいの」

かくして、凛花はここにきた。礼子の言葉を借りれば、遼介にご飯を食べさせるために、こうして山奥までやってきたのだ。今のところ仕事は順調にいっている。良好な関係には程遠いけれど、とりあえず追い返されることなく毎日が問題なく過ぎていた。

凛花は閉じていた目を開き、ふーっと息を吐く。

社会の評価がどうであれ、彼がすごい人であることは変わらない。

凛花は立ち上がって灯りを消し、布団に入る。特にやることもないし、今日は早めに眠ってしまおう。

目を閉じると、雨の音が耳に心地よく響いた。

膠着状態に変化が訪れたのは、翌日の朝だった。いつもどおり六時過ぎに凛花がキッチンへ行くと、遼介がダイニングチェアに座っているのが見えた。左ひじをテーブルに載せて頬杖をつき、視線は窓の外に注がれている。凛花は息を潜め、彼の姿に見入った。

遼介がそこにいるだけでキッチンの空気がガラリと変わる。雨天の早朝の鈍い光が彼のすっと通った高い鼻梁を縁取っていた。眉は凛々しく、雨を映す瞳はとても澄んでいる。皺くちゃの浴衣を着てひげも髪も伸び放題なのに、静謐な美しさがあった。

印象深い横顔だった。

じっと押し殺した感情が、じわじわと空気を伝ってくる。それは、深い哀しみとあきらめのようなものだった。見ているだけで、胸が締めつけられるような苦しさを覚える。彼のまとっている空気が、物憂げな瞳の色が、見る者を切なくさせるのだ。

見てはいけないものを見てしまった気がして、凛花はすぐさま踵を返す。しかし、廊下に戻ろうとした背中に「ちょっと待ってくれ！　話があるんだ」という遼介の声が掛かった。

「……おはようございます。どうしたんですか？」

凛花はキッチンのドアを少し開け、おずおずと聞いた。

「ちょっと話があるから、中へ入ってくれ」

凛花はキッチンに入り、遼介に促されてダイニングテーブルを挟んだ彼の向かいに座った。

さきほどの静謐な雰囲気とは打って変わって、遼介の瞳は冷淡だ。しかし、よく見ると初めて会ったときより顔色がよく、少しふっくらした印象を受けた。毎日のご飯の効果が出てきたかなと、凛花はチラッと思う。

ややあって、遼介がおもむろに切り出した。

「実は頼みたいことがある」

「はい。なんでしょうか?」

「その前にいくつか質問したいんだけど、この仕事はどれぐらいやっているの?」

「ちょうど六年目になります。介護職員初任者研修は修了しています」

「ふーん。いつも今回と同じような住み込みの仕事を?」

「いえ。普段は在宅介護の支援が多いですね。リハビリの援助ですとか、付き添いですとか」

「今、二十六歳だよね?」

「そうです」

「こう言ってはなんだけど、大丈夫なの?　つまり……」

遼介が言いにくそうにしているのを見てピンときた凛花は、言葉のあとを引き取る。

「つまり、私みたいな若い女性が独身男性の家に住み込みで働くのは、大丈夫かってことですか？」

ズバリ言った凛花を、遼介は呆気に取られたように見たあと「そうだ」とうなずいた。

「住み込みの仕事はこれが初めてです。というか、ご依頼自体がほとんどありません。今回は本当に特別で、礼子社長に直接頼まれたので引き受けたんです」

「叔母さんのことだ。破格の報酬でもちらつかせたんじゃないか」

「そうですね。そのとおりです」

格好をつけてもしょうがないので、凛花は正直に認めた。

「それなら安心だ。こんなに妙な条件の仕事、普通なら誰も引き受けないだろうからな」

イエスと言うのも気が引けて、凛花は黙っていた。

遼介は眉根を寄せ、親指で自らの唇をなぞっている。

薄くてとても綺麗な形をした唇だと思った。上唇の中心にある二つの山の形が美しく、唇の端に向かってキリッと引き結ばれている。ふと触れてみたいような気になって、胸の奥が疼いた。けど、彼の冷ややかな眼差しを見て、凛花はその気持ちを打ち消す。こちらを好ましく思っていないことは明らかだった。

「ならば、僕が仕事を頼んでも問題ないわけだな。君は充分な報酬を受け取っているわけだから」

「もちろんです。できる限りサポートさせて頂きます」

「僕をふもとの病院に連れていって欲しい」

「通院介助ですね。かしこまりました。お日にちはいつですか？」

「明日の十三時に来いって言われてる」

「十三時ですね。ここから病院までどれぐらいかかりますか？」

「二時間以内で行ける。ナビがあるが道順は……」

二人は簡単に明日の打ち合わせをした。ひととおり確認が終わったあと、遼介は「以上だ」と言って立ち上がろうとする。

「あのっ！」

凛花は思わず呼びとめてしまう。そして、遠慮しつつも思い切って彼に申し出た。

「あの、そのままで行かれますか？」

「は？　そのまま？」

「ですから、その、お顔とか……」

「ああ。これ？」

遼介は、左手で伸びたひげを撫で回した。

「仕方ない。電気シェーバーを持ってくるのを忘れてしまったんだ」

「なら、明日ふもとで買いましょう。この家に剃刀はないんですか？」

「いや、T字型の剃刀ならある。ただ、左手しか使えないからうまく剃れなくてあきらめた」

「よかったら、お手伝いしましょうか？」

「手伝う？　君が？」

「はい。あ、本来ならお顔を剃るのは理容師の資格が必要なんですが……」

「あーいいよいいよ。そういうのは無視で。やってくれるなら、多少切れたって構わない」

「切ったりしませんよ。大丈夫です」

「ふーん、そういうのも契約に入ってるの？」

「はい。基本的にお客さまが快適に過ごせるよう、臨機応変に対応します」

そう言った凛花を、遼介は不信感も露わに眺めた。凛花はそれをポーカーフェイスで受け流す。失礼だとか態度が悪いだとか、いちいち怒っていたら身が持たない。もっとひどいお客さまなんて山のようにいるんだから。

「……なら、よろしく頼むよ」

数秒ののち、遼介はボソボソ言った。

こうして、凛花は遼介のひげを剃ることになった。

プラスチックの剃刀が、白い泡まみれのひげを巻き込みながら、滑る。剃刀が通った跡には、つるりとした皮膚が現れた。遼介の肌は褐色で、添えられた凛花の指がより白く見える。

二人は若御門邸の脱衣所にいた。遼介は洗面台の前のスツールに腰掛け、凛花は立ったまま作業している。脱衣所は超モダンにリフォームされていて、どこかの旅館かと見まごうほどの広さがあった。二つある洗面台の壁一面に鏡が張られ、鏡に向かって左手は全面ガラス張りになっている。そこから渓谷に生い茂る緑の木立が見渡せた。

凛花は皮膚を切らないよう注意しながら、T字型の剃刀を何度も滑らせていく。間もなく、ひげに覆われていた左頬が全貌を現した。

「すみません。ちょっと唇を触ってもいいですか？」

唇の横は毛穴の角度が横向きで剃りづらい。凛花が声を掛けると、遼介は目を閉じたまま「いいよ」と答える。凛花は左手の親指で、そっと彼の唇を押さえた。

一瞬、触れた唇の柔らかさにドキリとする。けれどすぐに雑念を振り払い、剃刀に神経を集中させた。

遼介は、はだけた浴衣を腰の辺りまで落とし、鍛えられた上半身を晒している。凛花は作業に集中するためにかなりの努力が必要だった。

体脂肪何パーセントぐらいだろ？　五パーセントとか!?

つい意識が彼の裸体に向いてしまう。遼介はいわゆる細マッチョで、無駄な肉がすべて削ぎ落とされたかのように筋肉質な体をしていた。痩せているせいで鎖骨や喉仏、肩の骨が浮き出ていて、極限まで節制した修行僧の如く硬質な色気を放っている。腹筋は六つに割れて、胸筋は丸く盛り上がり、谷間に薄く体毛が生えていた。特に鍛えているのか上腕だけが妙に太く、野性的ですごく素敵だ。

凛花は速まる鼓動を抑えようと、懸命に「これは仕事だこれは仕事だ」と頭の中で何度も唱えた。仕事柄、入浴の介助をする機会も多く、男性の裸体なんて見慣れている。お客さまを支えるために抱き合ったこともあるし、場合によっては下の世話だってがっつりやっている。

そのとき、凛花は皆川の皺だらけの顔を思い浮かべた。皆川とは顧客の一人で八十七歳の男性だ。食事と入浴の介助、病院への通院介助を希望された。皆川は寝たきりだけど意識ははっきりしていて、いろいろな話をする。彼は昔、不動産会社の社長をやっていて、あまたの土地売買契約の仲介で活躍したそうだ。三十代で今の奥さんと結婚し、三人の娘をもうけ、ささやかながらも幸せな結婚生活だったらしい。皆川と話をするのは楽しく、いつも笑顔で感謝されるので、凛花は充実感で幸せな気分になれた。

皆川さんの裸体なら見慣れている。皆川さんも同じ男性。同じお客さま。遼介さんと変わらない。おんなじおんなじ……

凛花は自分に言い聞かせるように頭の中で繰り返す。

思い返せば彼氏いない歴約七年、年の近い男性にまったく免疫（めんえき）がない自分が情けなかった。どぎまぎする凛花をよそに、遼介は目を閉じて顎（あご）を軽く上げ、平然と身を委（ゆだ）ねている。ひげを落としたあとの顔は精巧な人形みたいに整っていた。しみ一つない肌は滑（なめ）らかで、顎（あご）や頬はシャープなラインを描き、特にキリッと結ばれた唇の形が美しい。閉じたまぶたの先に、長く艶（つや）やかなまつ毛が伸びていた。

こんなに綺麗な人だったっけ……？

テレビで見たときも美形だと思ったけど、実物はより洗練されていた。一時期より痩せたことで、鋭い刃物のような凄味が増している。それでいて、こうして目を閉じてじっとしていると、まるで神に祈りを捧げる信徒のように神秘的な美しさがあった。

凛花は胸をドキドキさせながら右頬に取り掛かる。指先で彼の耳の横にそっと触れると、皮膚の表面はひんやりしていた。彼の肌の感触をなぜか心地よく思いながら剃刀（かみそり）を滑らせてゆく。

そのとき、不意に遼介が目を開けた。

とっさに凛花は動きを止める。

遼介の目は細く、切れ長の目尻は少し吊り上がっていた。見る者を一切拒絶するような尖った印象を受ける。遼介は眼球だけギョロリと動かし、凛花を横目で見た。近くで見ると、彼の瞳は茶色よりさらに薄い澄んだ飴色だ。不機嫌なのを隠そうともせず、嫌悪に満ちた表情をしている。凛花が特別嫌いというより、人そのものを深く恨んでいるとかそういう感じがした。

「そこまで優しくやらなくていい」

遼介は冷淡に言う。

「は、はい」

「少しくらい切れてもいいし血が出てもいいから、もっとガシガシやってくれ」

「わかりました」

凛花は気を取り直し、彼の言葉どおり大胆に剃刀を動かし始める。遼介はそれ以上の会話は無用とばかりに、ふたたびまぶたを閉じた。

親しみやすさってヤツが皆無だなぁと、凛花はしみじみ思う。

まるで難攻不落の要塞に立てこもっているような人だ。周りをぐるりと高い壁で囲んで有刺鉄線を張り巡らせ、さらに高圧電流を流して近づく者を徹底的に遠ざけるレベルの気迫を感じる。絶対に余計な話をしないし、絶対に気を許さないし、絶対にプライベートへ踏み込ませない。

仕事相手にここまで頑なな態度を取られたのは就職以来初めてで戸惑ってしまう。必要以上に仲良くすることもないけど、あまりに不機嫌な態度を取られ続けるとやりづらいし、自信を失くしてしまう。

——元はそんなに悪い子じゃないのよ。頭もイイし、顔もイイし、とってもお茶目で優しい子なの。

初日の礼子の言葉が思い返された。

私はあなたの敵じゃないんだけどな。

彼はたとえるなら手負いの野生獣みたいだ。毛を逆立てて牙を剝き出し、近づく者すべてを威嚇する。敵じゃないと意思表示したくても言葉は通じないし、わかり合えることもない。こうして触れ合っているのに、心の距離は遥かに遠い。

そうこうする内にひげを無事に剃り終えた。「終わりました」と言うと、遼介はパチッと目を開けて鏡を見つめる。

「さっぱりした」

遼介は言葉どおりさっぱりした顔で言った。

鏡にはひどく冷めた目をした、眉目秀麗な男が映っている。ひげを剃っただけでガラリと雰囲気が変わり、テレビに出ていたかつての彼に近くなった。長身で筋肉質な体躯と印象的な美貌を持つ彼が、モデルや俳優じゃないのが不思議なぐらいだ。むしろ本業の人たちより独特のオーラがあって目を引くような気がする。

「また伸びてきたら、いつでもお申しつけください」

凛花がそう言うと、遼介は鏡を睨みつつ黙ってうなずいた。

凛花は後片付けを始める。タオルを洗濯かごに放り込み、使い終わった剃刀を洗い、自分の手も洗った。洗面台周りをスポンジで軽く磨き、毛の落ちた床にフローリングワイパーをかける。ふと顔を上げると、すでに遼介の姿はなかった。

「まったく。一言のお礼もなしですか」

とはいえ、お礼や優しい言葉を期待するのは贅沢というものだ。仲良くなるために仕事をしているわけじゃない。報酬をもらってここにいるんだから。彼が怒ろうが喚こうが宇宙語を話そうが、分け隔てなく常に同じサービスを提供するのがプロというものだ。

わかってるんだけど、やっぱりちょっと寂しいんだよね……

そう感じてしまう理由が自分でもよくわからないまま、脱衣所の灯りを落とした。

翌日、若御門遼介はふもとの集落にある室生整形外科医院を訪れていた。

室生虎雄医師は今年七十一歳になる大ベテランだ。五十歳まで都内の国立医療センターにいて整形外科部長まで務めた人物だが、少々変わり者で都会の生活を嫌い、晩年はここで小さな診療所を開いて暮らしている。若御門家とは昵懇の間柄で、特に礼子とはプライベートで食事に行くほど仲の良い友人関係だ。遼介を子供の頃からよく知っており、まるで息子のように接してくれる。

古い診察室で、遼介は室生医師の前に座っていた。丸々と太った室生は窮屈そうに白衣を着こみ、横に広がった丸い鼻頭に眼鏡を引っ掛け、ふくふくした顔に穏やかな笑みを浮かべている。頭頂部まで禿げ上がり、その周辺をふさふさした白髪が覆っていた。肌つやもよく、頬には赤味が差して元気そうだ。

この人はなんだか昔から変わらないなと、遼介はぼんやり思う。

ひとしきり診察が終わったあと、室生が聞いてきた。

「相変わらず、入院は絶対拒否なの？」

「入院だけはちょっと……」

遼介は正直に答える。

「うちの医院もド田舎だけど、患者がいるっちゃいるしね。まあ、逆に田舎だからこそ君みたいな有名人がウロチョロしてたら騒ぎになるかなぁ」

室生はそう言って椅子をぐるりと半回転させ、遼介のほうを向いた。

「さっきトイレ行くとき見ちゃったんだけど、あの可愛い女性は何者？　ふんわりした長い髪に色白でアンニュイな雰囲気を漂わす、あのほっそりした清楚美人は？　遼介君の奥さん？」

「奥さんだって⁉　とんでもないっ‼」

遼介は焦って全否定する。

「ただの家政婦ですよ。住み込みで食事を作ってもらってるだけです。叔母さんが寄越した人で……」

「遼介君、いいなぁ～。うらやましーよ。わしもあんな美人家政婦と一夜の過ちを犯してみたい……」

「するわけあるかっ‼」

遼介はイライラしながらツッコミを入れる。

室生医師が優秀なのは間違いないのだが、かなりおちゃらけた性格が玉に瑕だ。たまに話が脱線しすぎて、なにをしに来たのか忘れそうになる。しかし、集落では絶大な人気を誇っているらしい。

「探してるよぉ～君のこと。まだまだ沈静化したとは言えないね」

室生は不意に真顔になって言った。

「探してるって、テレビをご覧になったんですか？」

「うん。ワイドショーとかネットでも、まだまだ君のトピックは熱いよ。誰もが血眼になって君の行方を探してるんじゃないか。特にマスコミは。君のネタは金になりそうだし」

まだ僕を探しているのかと、遼介はうんざりする。マスコミはよっぽど暇なのか、他にネタはないのか。

「で、不起訴になったんでしょ？」

「はい。相手が被害届を取り下げたので」

遼介が答えると、室生は呆れたように鼻で笑った。

「ふん、被害届なんてよく言うよね。デッチ上げたくせに。まったく、ひどいことする奴ほど声がデカくてかなわん。あちこちにデマを喚き散らして、うるさくてしょうがない。おまけに馬鹿が馬鹿のデマに流される」

室生の言葉を、遼介は驚きを持って受けとめた。

目を見開いて絶句している遼介を見て、室生は訝しげな顔をする。

「いや、すみません。ちょっとびっくりしてしまって。その……僕に近い人間でさえ、僕の無実を信じてくれる人はいなかったもので」

そう言いながら、一連の事件に思いを馳せた。

半年前、週刊誌やスポーツ紙に呆れるほど派手な見出しが躍った。

『イケメンタレント、酔ってマネージャーに暴行！』

『無抵抗のマネージャーを怒鳴りつけ、一方的に殴りつけた』
『暴行時の音声データを独占入手！　暴言、暴行、そして悲鳴!?』
イケメンタレントとは、僭越ながら遼介のことだ。マネージャーの名前は笠井昭彦という。

簡単に言えば、遼介はマネージャーに嵌められたのだ。

昭彦はご丁寧に痣まで作って「若御門遼介に暴行された」とマスコミに嘘の情報を流した。彼は、まったく別の件で激昂したときの遼介の音声データと「暴行を目撃した」という関係者の証言を、暴行の証拠としてしっかり準備していた。もちろん遼介にはすべて身に覚えのないことだった。

笠井昭彦はマネージャーである前に、遼介の親友だった。

彼とは帝都大学の商学部時代からのつき合いだ。たまたま同じミネソタ州の大学院へ進学し、向こうですっかり意気投合した。一緒に日本のビジネスコンサルティングの分野で革命を起こそうぜと息巻き盛り上がった。思い返せば、あの頃が一番楽しくて、なにもかもが輝いていたのかもしれない。昭彦と途方もない夢を描き、論文に追われながらあれこれと起業計画を立て、目標に向かって一心に準備を進めていた。

笠井昭彦は肩書こそマネージャーだが、実質は役員であり共同経営者だった。ともに事業方針を決めて起業にまつわる手続きをし、投資家集めに東奔西走した。株主や取引先は遼介ら二人がトップだと認識していたし、なにか問題があれば二人でとことん話し合って決めてきた。

遼介が不本意ながらもタレント活動をするようになってからは、遼介が表舞台に立ち、昭彦が裏方の仕事をするという役割分担になった。テレビやラジオに出演するのを嫌がる遼介を、「会社の利益のためだから」と積極的にあと押ししたのは昭彦だ。今は歯を食いしばって客寄せパンダになれと。事業がもっと拡大すれば、ビジネスに専念できるからと言ったのだ。

だから遼介は昭彦の言葉に従い、会社の名を売るために客寄せパンダに徹してきた。それが二人の会社の未来に繋がると信じて……

――いつからだろう？　いつから、僕らは親友じゃなくなっていた？　たぶん僕らの関係の崩壊はかなり前から始まっていたのだろう。すべては目に見えない領域で、言語化されないまま、音もなく進行していった……

「こうやって殴られた」と詳細に証言する昭彦。まるで実際に暴力を振るっているかのような音声データ。さらには「酔って一方的に殴っていた」と口を揃えて証言する、四人の目撃者たち。これだけの証拠が揃えば、大衆が遼介を加害者だと断じるのには充分だった。実際に逮捕や起訴をされていなくても、遼介は犯罪者のように扱われた。それまで遼介を「爽やかイケメン」などと言って持ち上げていたマスコミは一斉に手のひらを返し、「本性を現したクズ」と罵った。

初めて週刊誌の記事を見たとき、驚きや怒りよりも先に「ああ、そういうことか」と妙に腑に落ちたのを覚えている。それまでに感じていた不審な一連の出来事や、昭彦の取っていた奇妙な行動、遼介に対する言動や周りの態度……それらがようやく繋がったと思った。遼介がずっと感じていた違和感は、あながち間違いではなかったのだ。

恐らくすべては長い時間を掛けて計画的に、かなり入念に準備されていたのだろう。昭彦はすべての準備を整え、ただじっと待っていた。遼介が罠に掛かるその瞬間を。なにも知らない野ネズミが、檻の中へ潜り込むそのときを。そして、昭彦は然るべきタイミングでスイッチを押した……

当然の如く、遼介の弁明は用意周到に準備された証拠を前に無力だった。

さらに「酒癖が悪かった」「カッとしやすい人だった」などと嘘を吐く、自称遼介の知り合いがぞくぞくと出現し、デマの信憑性を高めた。あげくの果てには「過去に暴行された」と告白する見知らぬ男まで登場した。

遼介が必死になってした反論は、プロの批評家たちによって揚げ足を取られ続け、最終的に「発言がブレているのは、嘘を吐いているからだ」と断定された。信じられないような本当の話だ。

一度坂を転がり出すと誰にも止められない。提示された証拠の真偽に疑問を持つ人間は、誰一人としていなかった。いや、いたのかもしれないが、圧倒的大多数の声に掻き消された。なぜなら証拠は完璧だったし、わかりやすかった。そして、世間にちやほやされている人間を正当な理由で叩くのは楽しいからだ。

　第一、それだけの手間をかけて証拠を捏造（ねつぞう）する理由を、誰も想像できなかった。そりゃあそうだろう。遼介だってわからなかったぐらいだから。

　デマはさらにネットで拡散され、遼介は優しくて正しい人たちの手によって叩かれ続けた。相手が誰であれ、暴力を振るう人間はクズだと、遼介も思う。遼介を叩いている彼らもまったく同じ考えだった。とても不思議なことに、遼介と彼らはまったく同じ考えであるにも拘（かか）わらず、対立し殴り合っていた。この場合、遼介が一方的に殴られ続けただけだが。

　いつの間にか遼介の個人情報が流出し、誹謗中傷（ひぼうちゅうしょう）のメールや手紙や電話が殺到した。自宅にはマスコミが押しかけ、それから逃げ回っていた遼介は高速道路で事故を起こし、重傷を負った。さらには、搬送された都内の大学病院で看護師に写真を撮られ、それがＳＮＳによって拡散された。結果、入院先にマスコミが押しかけてきて、遼介は叔母の礼子の手によって秘密裏にこの山奥へ匿（かくま）われたのだ。

　実際に引きずり下ろされてみて、一人の人間を表舞台から消すのは、赤子の手をひねるように簡単なのだとつくづく思った。一番簡単なのは男女関係のスキャンダル。次が税法違反。そしてその次に贈収賄辺りか。ある程度の人員を使って本格的に粗探しをすれば、どれかに引っ掛かる者は少なくないはずだ。

今の時代、著名人はＳＮＳかブログをやっているから揚げ足は取りやすいし、叩いてホコリの出ない人間はいないだろう。もし出なくても、証拠などデッチ上げてしまえばいい。遼介がされたみたいに。

引きずり下ろしてやりたい、という強い意志一つあれば素人でもできる。

昭彦は、よく傷害罪なんて難度の高いものを選んだものだ。遼介ならもっと簡単な方法を選ぶ。女関係のスキャンダルのほうがやり易かっただろうに。

いや、それだけ彼が本気だってことだろう。遼介を完膚なきまでに叩きのめし、社会的に確実に抹殺したかったのだ。

今さら気づいても遅いが、おそらく昭彦は華やかな世界に憧れていたのだと思う。綺麗な女優や有名なタレントたちが集う、テレビやマスコミが作りだしたきらびやかな世界に。本当は自分が座りたかった椅子に、なんの間違いか遼介が座ってしまった。彼が遼介を陥れた理由の一つは、それだと考えている。

だが、実際にその世界に行ったことのある人間から言わせてもらえば、あんなものは虚構に過ぎない。昭彦が思うキラキラした楽しい世界なんてどこにも実在しないし、追い求めて深入りすればするほど自分自身を見失う。ちやほやされているように見えて、同じだけ見知らぬ人間から憎悪され、仲が良かった人たちは離れてゆき、あっという間に孤独になっていく。遠くに一瞬見えたオアシスを目指し、なにもない砂漠をさまようようなものだ。

――昭彦、そっちの方向にはなにもないぞ。僕を引きずり下ろして、欲しいものは手に入ったか？

そう問いかけてみたいが、昭彦と遼介が話をすることは、もう二度とないだろう。

昭彦の起こした損害賠償請求の民事訴訟についても、示談のやりとりはすべて弁護士を通しているし、遼介も彼に会うつもりはない。

「これは試練だぞ、若御門遼介くん」

目の前の室生医師はポリポリと二重顎を掻いて、言葉を続けた。

「わしは君を信じておる。ニュースを見たとき、ああ、嵌められたなとピンときた。だが、世間の認識をひっくり返すのは至難の業だ。というか、ひっくり返らないだろう。君は今後、罪人のレッテルを貼られたまま生きていかねばならん。わしの言うことがわかるか？」

「はい。わかっているつもりです」

言われなくても、痛いほど思い知らされたことだった。

まことしやかにデマが流され、わかりやすい証拠も出てきたことで、世論は大きく遼介が加害者だと決めつける方向に傾いてしまった。反論しようとすればするほど、嘘吐きだの往生際が悪いだのと叩かれる。

思い出したくもないほど、さんざん苦い思いをしてきたのだ。

身をもって思い知った。——この世に真実などない。

デマか真実かなど、時代や人や立場によってコロコロ変わる。証拠をどれだけ積み上げても、同じ分だけ反証を積み上げられる。まったくもって……キリがない。

万人が認める真実なんて存在しないのだ。どこにも。

要は、人がなにを信じるか、だ。そして、他人の信じ込んでいるものは決して変えられないと、つくづく思い知った。

そんな遼介にとって、曇りのない目で自分を見てくれる室生の存在はありがたかった。

室生は眼鏡越しに遼介を上目遣いで見ると、ニッと笑って言う。

「ま、いい機会だから静養するんだな。テレビも消してネットも切って、世俗のゴチャゴチャから遠ざかるといい」

「はい。ここへ来てからは、マスメディアには一切触れてません」

触れたくもないし見たくもない、というのが正直なところだった。

「だが遼介くん、グッドニュースもあるぞ。これを機に、君はようやく本物が見えるようになる」

「本物……ですか？」

「さよう。目をしっかり開けて、よく見ておくんだ。誰がデマに流され、誰が流されなかったか。誰が君を信じ、誰が君のために動いたか。これまで君は、チヤホヤし持ち上げてくる人間を評価してきたことだろう。だぁーが、そんなのは偽りだ。目を閉じて生きていたようなもんよ。人間、どん底に落ちてアウェー戦に入ってからが本番だかんね」

「どん底、ですか……？」

「そ。そこでようやく本物が君の周りに集ってくる。こればっかりは、逆境で戦ったことのある人間にしかわからん。悪いニュースとよいニュースは、必ずや背中合わせでやってくる。アンダスタン？」

　悪いニュースとよいニュースは必ずや背中合わせ……

　遼介は室生に言われたことを考えてみる。とりあえず今確かなのは、室生が味方であるということだった。少なくとも彼はデマに流されなかった、希少な人間の一人だ。

「じゃ、お薬出しときますね～ん」

　室生はおどけて言って椅子を半回転させ、デスクへ向き直る。そしてボールペンでサラサラとカルテになにかを書き込んだ。

「あと言うだけ無駄かもだけど、絶対絶対安静ね。二度と歩けなくなるかもしれんからね」

室生は脅すように言った。

「わかりました」

礼を言って診察室を出ようとする遼介を、室生が「ちょっと待って」と呼びとめた。

「なんですか?」

「あのねぇ、アンニュイ清楚美人さんのことなんだけど……」

遼介はドキリとする。

彼女のことを第三者にあれこれ探られるのは、どうにも嫌だった。別にやましいことをしているわけじゃないし、なぜかは自分でもよくわからないが……

「彼女がどうかしましたか?」

「これはわしの直感だけど……」

室生は目の前の虚空（こくう）を睨（にら）みながら、口を開いた。

「彼女はなかなか信頼できる子だと思うよ。もう少し頼ってみたら?」

先に駐車場にいた凛花は、遠くから松葉杖をついて歩いてくる遼介を眺めていた。

今日の遼介はブランドロゴの入ったパーカーに、ハーフパンツというラフな格好だ。パンツの下からにょきっと伸びた剥き出しのふくらはぎは、サッカー選手みたいに鍛え上げられている。彼の持つ雰囲気のせいなのか、サングラスをかけた姿が場違いなほどスタイリッシュで、誰かに見つかりはしないかとひやひやしてしまう。

だだっ広い駐車場に人気はなく、駐車スペースには遼介のセダンも含めて三台の車が停まっているだけだ。遼介のところまで車を回そうかと思ったけど、あと数メートルなので凛花は立ったまま待っていた。

ふと、遼介が立ち止まって顔を上げる。数メートル挟んで、二人の視線が交差した。

意味もなく凛花はドキッとしてしまう。それから、なんなんだろうと内心首を傾げた。彼にチラッと見られただけで異様に緊張する。まるで被告人席に立たされたような気分になり、こちらの落ち度を探して素早く頭を巡らせてしまうのだ。こんなことはこれまでのお客さま相手にはないことだった。

きっと他のお客さまと比べて、遼介があまりにも並外れているからだ。存在感とか目ヂカラとか、容姿も内面も彼を取り巻くすべてが。雲上人という言葉があるけど、なにもかもが圧倒的に敵わないと思う。悔しくてもそこは正直に認めざるを得ない。だからこそ自分の仕事だけは実直にこなしたかった。

凛花は視線を逸らし、忠実な運転手の如く助手席のドアを開ける。すると遼介は松葉杖をつきながらやってきて、無言で助手席に乗り込んだ。凛花はドアをバタンと閉めてから、ぐるりと回って運転席に座り、シートベルトを締める。

凛花の運転する車は集落の中心部を目指して発進した。ひさびさにいい天気で、秋の穏やかな日差しが眩しい。集落といっても見事になにもなく、延々と田んぼが続いたかと思えば、川があって森があって古い神社の鳥居があって、ようやく人家らしきものが一軒見える。そこからさらに田園風景が続く……

この辺りの住民たちはどんな生活を送っているのかなぁ。ハンドルを操りながらそんなことを考えていた。車内は無言で、助手席の遼介はじっと車窓を眺めている。

「怪我の経過は、どうでした？」

沈黙に耐えかね、凛花は聞いてみた。

しかし、遼介の返事はない。見ると、遼介の顔色が心なしか悪い気がした。

「大丈夫ですか？　具合、悪そうですけど……」

「少し痛むだけだ。慣れてるから」

遼介は不機嫌そうに答える。

「痛み止め、もらいました？」

「ああ。帰ってメシを食ったら、すぐに飲む」

「わかりました。なるべく早く買い物を終わらせますね」

凛花はそう言ってアクセルを踏み込む。

集落の中心部にあるドラッグストア、家電量販店、スーパーの順に回って、凛花は急いで買い物を済ませた。その間、遼介には車の中で待っていてもらう。幸いにも、集落の住民たちに遼介の存在を知られることはなかった。

スーパーの駐車場でトランクにてきぱきと荷物を積み込み、凛花はふたたび運転席に乗り込んだ。これで一週間は買い物に出なくてすむ。あとは別荘に帰るだけだ。なんだかんだで時刻は十六時半を過ぎている。凛花は別荘を目指して急いで車を走らせた。

「遅くなっちゃいましたね。十九時までに戻れるかな……」

凛花がハンドルを握りながら言うと、遼介はふっと笑った。

「必ず十九時に夕飯を食べなきゃいけないわけじゃない。少しくらい、遅くなったっていいよ」

「けど、早くお薬を飲まないと。大丈夫です。昨日作っておいたものを温めるだけですから」

「今日の夕飯、なに？」

「さばの味噌煮です、あとはほうれん草のおひたしと揚げ出し豆腐。それにスープ。食べやすいよう小さく切ってあります」

「毎度ご親切にどうも」

ふたたび車内に沈黙が下りた。

窓の外は夕焼けが美しい。地平線へ向かって徐々に変わってゆく、群青色から茜色へのグラデーションが見事だ。

日が短くなったなぁと、凛花は思う。今回の契約は十一月いっぱいまでだ。そこでいったん遼介の様子を吟味し、凛花の住み込みを延長するかどうかを礼子が決める。いずれにしろ、凛花は礼子の意向に全面的に従うつもりだった。延長と言われれば居座るし、撤退と言われれば即東京に帰るだけだ。

助手席の遼介はやはりじっと車窓を眺めている。そういえば今どき珍しく、スマートフォンを全然いじらない。もしかして、ネットを見ないようにしているんだろうか？

「ここでの仕事、慣れた？」

おもむろに遼介が聞いてきた。

「あ、はい。だいぶ慣れました」

凛花は素直に答える。

遼介は進行方向に視線を戻し、考え込むみたいに顎を撫でた。横目で見ると、彼の端整な横顔は物憂げな色を帯びている。

「君は……僕のこと、どれぐらい知ってる？」

それは、唐突な質問だった。

凛花は少し考えてから、慎重に言葉を選んで口を開く。

「一般の人が知っている程度には。私も一応テレビやネットを見たり、雑誌や新聞を読んだりするので」

「事件のことも知ってるよね？」

「報道されている内容は知っています」

妙にひやひやするやり取りだ。まるで幅の狭い塀の上をバランスを取りながら歩いているような……

「一つ君に聞きたいんだけど……」

遼介は正面を見つめたまま、淡々と言葉を続けた。

「僕のことを誰かに話そうと思ったことはある？」

意外な質問に、凛花は少々呆気に取られる。しかし、努めて冷静に答えた。

「いいえ。そんな風に考えたことはありませんけど」

「本当に？　一度も？」

「はい。一度も」

「チラッとも頭をよぎらなかった？」

「よぎらなかった……ですね」

「なぜって……そんな発想が浮かばなかったからです」

「ふーん……」

遼介は眉根を寄せて考え込んだあと、こう言った。

「今という期間と日本国内に限定すれば、僕はかなり有名人なんだ」

「ですね。知っています」

「僕が君の立場なら、きっとこの情報をリークすると思う。僕の別荘で働いていることを友達に自慢もするだろう」

「そうなんですか……。なぜ？」

「なぜって……」

今度は遼介が呆気に取られたように凛花を見て言った。

「優位に立てるからさ。こんな有名人と私は一緒にいる、すごいだろって」

「そんなことで優位に立てますか？」

「立てるさ。当たり前だろ。現に、ＳＮＳでも芸能人や著名人とのツーショットを、皆こぞって載せてるじゃないか」

「あー。言われてみれば、そうですね……」

確かに遼介の言うことはもっともだ。なぜ凛花はそうしないんだろう……？

「それが仕事だからでしょうか。お客さまのプライバシーに関して守秘義務がありますし……」

「ならば仕事じゃなければ？　どうする？」

「仕事じゃなくても、そうですね……やっぱりリークはしないかな」

「本当に？　誰にも言わない？　絶対に？」

「はい。……誰にも言わないと思います」

「君は今、有名人と同じ屋根の下で寝起きしてる。それも、君と縁もゆかりもない、いけ好かない男とだ。こんなことになっても傲慢で偉ぶった、有名人でございと調子に乗っている男だ。君は僕のファンでもなんでもないし、ちょっと写真を撮ってSNSに上げれば、そのいけ好かない男を一発で叩き潰せるんだぞ。友達に自慢もできるし、一躍脚光を浴びるかもしれない。僕の命運は君が握っている。僕なら速攻でSNSに上げるけどね」

　都内の大学病院の看護師のことかなと、凛花は聞きながら考えていた。遼介が事故で入院した病院の看護師は、彼が食事をしたりリハビリをしたりする様子を写真に撮ってSNSにアップしたのだ。本来なら絶対に許されないことだけど、今回だけは英雄扱いされていた。看護師は然るべき処分を受けたようだけど、遼介の居場所は特定されてしまい、マスコミがそこへわんさと押しかけたらしい。

「仮に好きじゃない人だったとしても、なにをしてもいいわけじゃないでしょう？」

「僕はマネージャーに暴力を振るう、最低なクズ野郎だ。起訴されていないだけで、唾棄すべき犯罪者なんだぞ。そんなゴミカスに制裁を加えてやろうとは思わないの？」

遼介は自らを嘲るように言った。

自虐的な言葉に、なぜか凛花のほうが胸の痛みを覚える。

「そんな風には思いません。制裁とかそういうのは、私の役割じゃないっていうか……。冷たい言い方かもしれませんが、当事者じゃないのにあれこれ口を出したくないんです。全然関係ないので。それは、私が他人にそうされるのが嫌だからかもしれませんが……」

「他人に口を出されたくない？」

「出されたくないですね。当事者じゃない人たちに」

「だから、君も口を出さないって？　当事者じゃないから」

「そういうことです」

遼介は考え込むように沈黙した。凛花はハンドルを操りながら、彼の言葉を待つ。

「そのマインドはどうやって育てたの？」

ややあって遼介は口を開いた。

「育てたっていうか……」

育てたなんて大げさなものじゃないよねと、凛花は思う。毎日忙しくて現状に満足していたら、わざわざ赤の他人をネットで叩こうなんて思わないいんじゃないかな。

「そういうことをする人たちは、ちょっとストレスが溜まってるのかなって思います」

凛花は自分の考えを述べる。

「君にストレスはないの？」

「他人を追いかけ回すほどには。逆に私もストレスを抱えすぎてちょっと病んでしまったら、同じことをするかもしれないなと思います」

遼介は感心したようにうなずいた。

「なるほどね」

「すごく疲れていたり、忙しすぎていろいろ回らなくなってるときって、気持ちにも余裕がなくなるじゃないですか。イライラして、目につく他人を許せなくなるっていうか……」

それを聞いた遼介は、ふっと笑う。

「じゃあ、日本人は八割方が病んでるってことかよ」

「八割……かどうかはわからないですけど、少なくはないと思います。けど、私みたいな人も結構多いと思いますよ。沈黙してるから、存在が目立たないだけで」

凛花が言うと、遼介はじっと見つめてきた。

探るような視線を感じながら、今言ったことについて凛花も考える。

「速攻で公開すると断言した僕も病んでるってこと？」

遼介はそう言って、微かに笑った。

「そういうことになっちゃいますね」

凛花もつられて微笑む。

「それは客に対して、失礼だと思うけど？」

珍しく遼介が冗談を言い、凛花はうれしい気分で返した。

「病んでるって悪いことじゃないですよ。だから絶対安静にされるべきだと思います」

遼介はやられた、という顔をしてから白い歯を見せて笑う。

凛花はそれを横目で見て、ドキリとした。初めて見る彼の笑顔にひどくうろたえてしまう。驚くほど彼の表情が無垢で、優しそうで。同時に、なにか見えない深い痛みを堪え、すべてをあきらめきっているように儚げで……

一番苦手なタイプの笑顔だった。こういう顔をされると無視して歩き去ることができず、つい足をとめてしまうから。

無意識に目を奪われながら、凛花は心の奥でブレーキを掛ける。

どんなに笑顔が素敵でも好きになっちゃダメだぞ、と。


それから十日後。

今日の昼間も、二人で室生整形外科医院へ診察に行ってきた。遼介の怪我の回復は順調で、切断された右手指の接合は違和感もなく、もうすぐ骨折した左足のギプスも取れるそうだ。

「体重が二キロ増えたんだけど……」

遼介がダイニングテーブルの向かいの席から非難するように言う。

怒っているのかと思って凛花が顔を上げると、遼介の目はいたずらっぽく輝いていた。

「よかったじゃないですか。元が痩せすぎですよ」

凛花が言い返すと、遼介はあははっと笑ってこう言った。

「毎日の飯がうますぎるのが悪い」

「お褒め頂いて光栄です。けど、私としてはもう少し太って頂きたいですね」

「まったく、怪我が治る頃にはデブになってそうだ」

「いいじゃないですか、デブ。痩せすぎよりはいいですよ」

「腕だけでもと思って筋トレを再開したんだけど、ダンベルの上げ下げだけでも、意外と足腰を使うんだよな……」

「まだ無理をしないほうがいいですよ。安静にしてないと治るものも治りません」

二人はキッチンの窓際にあるダイニングテーブルを挟み、向かい合って座っていた。

凛花が気合を入れて作った夕食を食べ終え、食後の温かいお茶を飲んでいる。

当初は自室でこっそり食事をしていた凛花だが、遼介から「せっかくだから一緒に食べよう」と声を掛けられた。それからは凛花が買い出しでいないときを除いて、毎日二人で一緒に食事をしている。食後はこうしてお茶を飲みながら、とりとめのない話をするのが習慣になった。

遼介との距離が少し近づいた気がして、凛花はうれしく思っていた。何事もなく平坦だった毎日がどこかウキウキして、食事の時間が楽しみになり、生活に彩り(いろど)が加わったような……

――お客さまと信頼関係を築くのは大切なことだし、仲良くなれば日々の作業がやり易くなる。これは仕事をする上で喜ばしいことだよね？　一般的な感情というか……別に遼介さんに限らず、相手が誰であっても浮かれてしまうと思う。それまで険悪だった関係が好転すれば、誰だって。

調子に乗るのは禁物だぞと、凛花は常に自制していた。でないと、はしゃいで浮かれてとんでもないことを口走ってしまいそうだから。

「ここの書庫……あれは僕が学生時代に溜めこんだ本を実家に置ききれなくなって、こっちに持ってきたんだ。ロクに整理せずにぶっこんでたけど」

遼介が左手で自ら(みずか)の頬を撫でながら言った。ふもとで購入した電気シェーバーにより、ひげは綺麗に剃(そ)られている。

「学生時代に随分難しい本を読んでたんですね。哲学とか、宗教とか、古典文学とか」

「読んでたというか、中には買っただけで満足した本もあるけど……君はいつもどんな本を読むの？」

「私ですか？　社会人になってからは忙しくてあまり読んでないですけど……。以前は、海外ロマンスとか読んでました」

「ああー、海外ロマンス系か。それはさすがに書庫にはないな……」

「ですね。見当たらなかったです」

他愛もないおしゃべりで、秋の夜が更けていく。凛花にとっては楽しく心安らぐひときだった。しかし、会話には細心の注意を払っている。彼の領域に踏み込まないように、プライベートな部分に一切触れないように、慎重に言葉を選び取っていた。

――事件のことは、もう大丈夫ですか？

――本当にマネージャーを殴ったんですか？　だとしたら、なぜですか？

――彼女とか、いるんですか？　恋人とか……

ちょっと聞いてみたい気持ちはある。自分でも不思議なぐらい、遼介がどんな人間なのか知りたくて仕方なかった。けれど同時に、これ以上近づいたらダメだぞと心にブレーキが掛かる。

たぶん、今の遼介なら質問すれば答えてくれるような気がする。

しかし、凛花は核心に触れないように迂回し続けた。社長から事件について触れるなと言われていたこともあるし、凛花も今はそうしたほうがいいような気がしたからだ。

「えっ。僕の本って……いったいなにを読んだの？　君が興味ありそうな本なんてあった？」

遼介の著書を読んだと告げると、彼は驚いたように言った。

「『話し方で人を魅了する、三分の法則』っていうスキルトレーニングの本です」

「ああ、あれか……」

「すごく面白かったですよ！」

「は？　面白かった？　どこが？」

「なんというか、すごく文章に引き込まれました。遼介さんの文章って、不思議と心深いところに届くっていうか……読んでいてとても心地いいんです。ビジネス書なのに情熱的で、文章から真剣で熱心な気持ちが伝わってくるから、グイグイ内容に引っ張られました。読み終わったあとは、少し元気になったような、目が覚めたみたいな、そんな気がしました。よぉーし、やってやるぞ！　って」

熱弁をふるう凛花を、遼介はポカンとした顔で見ている。凛花はあの夜の感動を思い出しながら、さらに熱く語った。

「私、自己啓発本って興味もなかったしどっちかって言うと苦手だったんですけど、読む人の気持ちがわかりました。小手先のテクニックだけじゃなくて、壮大な夢を描いてみたくなるというか、あきらめたものをもう一度信じさせる力があると思います！　これは間違いなくよいものだぞって感じました」

遼介は目を丸くして凛花をしげしげと眺めている。その視線に気づいた凛花は恥ずかしくなり、慌てて言い繕った。

「まぁ、実践編に書かれていたことを私が実際にやる日はなさそうですけど……家政婦なんで」

そんな凛花の言葉に、遼介はとてもうれしそうにニッコリ笑ってこう言った。

「いつか実践する日が来るかもしれない。人生なにがあるかわからないからね」

「家政婦には実践のレベルが高すぎます」

「そんなことはない。僕は新しいことにチャレンジするのに、年齢性別職業は関係ないと思っている。むしろ君のような人にぜひチャレンジして欲しい」

「私もなんだか起業してみたくなりました。なーんて、今は家政婦業でいっぱいいっぱいですけど」

「野川さんって今の会社に入る前はなにをしてたの？」

「私、短大を卒業したあとすぐに今の会社に入ったんです」

「じゃあずっと家政婦の仕事一本？」

「いえ、実は入社して二年間は、礼子社長の下について秘書的な仕事もしていました。社員の採用に携わったり、株主総会とか取締役会とかに関わる仕事をしたり、社長のスケジュール管理をしたり」

「叔母さんのことだ。相当なスパルタだったろうな」

「ええ。そりゃあもうすごかったですよ。けど、とても勉強になりました。社長のおかげでいろいろなことを覚えられましたし、そのことが今の仕事にも役に立っていますから」

凛花は当時のことを思い出し、つい笑みが漏れてしまう。本当にあのときは大変だったけど、楽しかった。

「なら、ある程度の事務作業もできる？　つまり、メールソフトや文書作成ソフトが使えるかってことなんだが……」

「はい、結構使えるほうだと思います。契約書や申請書も作っていましたし」

「確か事務作業も契約に入っていたよね？　初日に秘書的な業務も承ってますって言っていたような」

「もちろんです！　なにかありましたら、ぜひお申し付けください」

「そう言ってくれると助かるよ。僕もそろそろ復帰に向けて準備しないといけないから、メールや手紙なんかを整理したいんだ。ひとまず、メールの仕分けと簡単な文書の作成をお願いしたい」

「承知しました。朝食の片づけと洗濯が終わったら手が空きます」

「よし。じゃあ、さっそく明日から頼むよ」

「はい。頑張ります」

それから二人は明日の段取りを簡単に打ち合わせた。時間と部屋と準備するものと作業内容なんかについてだ。

ひととおり話が終わったあと、遼介はため息を吐いてぼやいた。

「事件のあと、マスコミに追いかけ回されるわ、あちこちから誹謗中傷されるわ、あまりの怒涛の展開に面倒事をぜーんぶ投げ捨てて逃げ出してきたんだ」

事件について遼介が言及するのは、先日、室生整形外科医院からの帰りに話して以来だ。

「そうですか。大変でしたね」

凛花は少々緊張しながら言葉を発した。

「またあの世界に戻るのかと思うと、憂鬱だよ。だけど僕には、まだやらなければならないことがあるから」

「そうですね……」

凛花はなんとなく遼介の視線を追って窓の外を見た。そこには完全な暗闇が広がっており、よく磨かれたガラスに二人の姿が映っている。ガラス越しに、お互い見つめ合った。

密度の濃い沈黙が下りる。遼介の静かな表情からはなんの感情も読み取れない。

ゆっくりと鼓動が速まっていくのを凛花は感じていた。ドクン、ドクン、ドクン、肋骨の内側を心臓が力強く叩く。脈動に合わせ、まつ毛が微かに震えた。

夜もだいぶ更けてきた。

彼と見つめ合っているうちに、なにも考えられなくなっていく。

「君が僕のことを誰にも話さないって言ったとき、ここへ来たのが君でよかったと思った」

ぽつりとこぼれた遼介のささやきが、空気を伝って凛花の鼓膜にまとわりつく。

「……はい」

凛花は胸をドキドキさせながら返事をした。

「ここは静かだね」

「はい」

ふたたび下りる沈黙。

見つめ合いながら、じっとお互いの波長に耳を澄ませるような不思議な沈黙だった。

ひどく心地いいような、今すぐこの場を立ち去りたいような……

このとき凛花は、今さらながらとある重大なことに気づいてしまった。

この屋敷で、彼と二人っきりなんだという事実に。

もちろんそれは、最初からわかっていたこと。

しかし、このとき「彼と二人きりである」という事実が、はっきりと形を持ってどこまでも堅固に、ドーンと脳に認識されたのだ。

つまり凛花は、遼介を異性としてめちゃくちゃ意識してしまった。

う、うわっ、まずいかも……

焦る気持ちとともに、頬がどんどん熱くなっていく。なのに、どうしても彼から視線を離せない。

だから次の瞬間、遼介がフイッと視線を外してくれて、安堵のあまり椅子から落ちそうになった。

「……ごちそうさま」

遼介は小さく言って立ち上がる。そうして松葉杖（まつばづえ）を手にすると、振り返らずにキッチンを出ていってしまった。

それから数十秒後、凛花の口からとてつもなく大きなため息が吐き出される。

ふわあああああ！　き、緊張した！　無駄につっ!!　やばいやばい。プロとしてあるまじき失態ですから！　いくら相手が魅力的だからって、私がやられてどうすんだってば！

そうなのだ。異性と二人きりなのが問題なんじゃなく、その異性が魅力的過ぎて問題なのだ。所構わず色気を振りまかれ、うかうかしているうちにあっさり魅了されてしまう。所作一つ、視線一つ取ってもなにもかもが規格外で、とにかく普通の男性とは全然違う。あんな端整な顔をした男性を前にしたら、女なら誰だってうろたえてしまう。

お客さまが超絶イケメンだった場合の対応方法が書かれたマニュアルは社内に存在しない。

ほんっとに気を引き締めていかないと、やばいぞ。今後は完全にビジネスライクに徹しよう。明日から事務の仕事も増えるわけだし。

そんな風に凛花は内心の決意を固めた。

その翌日。

受信トレイ（未読：８９８３件）

凛花はパソコンの画面を二度見してしまった。

は、八千九百八十三件⁉

「まぁ、半年ぐらい触ってなかったらこうなるわな……」

隣に座った遼介が言い訳するように言う。

二人は書斎の和室にいた。昨晩の約束どおり、凛花はメールを整理するために遼介のパソコンの一つに向かっている。部屋の広さは八畳の畳張りで、壁際には天井まである本棚が並べられている。角部屋の窓に沿ってL字型に板が渡されてデスクになっており、その前に洒落(しゃれ)た座椅子が置かれていた。窓は雪見障子になっており、座椅子に座りながら表の灯(あか)りで読書ができる。天井も壁もリフォームされ、和風ながらもモダンな空間になっていた。ここなら集中して事務仕事ができそうだ。

「いきなり全部やれとは言わないよ。毎日少しずつでいいから、君のペースで仕分けしていってくれれば」

遼介が言った。

「これはさすがに時間が掛かりそうですね……」

凛花は言いながら、頭の中で割り算してみた。一日多くて四百件さばけたとして、二十日以上かかる計算になる。

「ほとんどがダイレクトメールかメルマガだから。あとは例の事件のせいで嫌がらせのメールが殺到してる。ウィルスなんかも送られてくるから、添付ファイルは絶対に開かないで」

「承知しました。気をつけます」

「拾って欲しいのは、セミナーとか講演のオファー。あと、大学とか出版社とか取引先からの連絡。マスコミからの取材依頼も一応目を通すから、別フォルダに入れておいて欲しい。それ以外はオール削除でＯＫ。判断に困るものは残しておいてくれれば僕が確認する」

「かしこまりました。受信トレイにフォルダを作って名前をつけておきますね」

「時間はいっぱいあるし、そんなに根詰めなくていいから。のんびりやろう」

「……はい」

凛花は返事をしながら、居心地の悪さに身じろぎした。

遼介が背後からパソコンの画面をのぞきこんでいる。彼の体が、凛花の背中を覆うようにして密着しているのだ。

りょ、遼介さん……近い……

かといって「離れてください」とも言えず、凛花はただ石のように身を強張らせていた。ちょうど左の肩甲骨辺りに、彼のしなやかな胸筋が当たっている。布地を通して体温が伝わってくる気がした。

左耳に触れそうなほど近い、彼の息遣い。

凛花は微動だにできないまま、画面の受信トレイに意識を集中する。

「あと、プライベートのメールもたまに来てるかもなぁ……。一応それっぽいのも、別にしておいて」

遼介の声は甘く、優しい。

まるで鼓膜をそっと愛撫されているみたいだ。ささやきが心地よすぎて、頭がボーッとしてしまう。

「大丈夫？　やれそう？」

「あっ……はっ、はい。大丈夫です！」

夢見心地だった凛花は慌てて返事をした。

な、なんか声にものっすごい色気があるんですけどっ……！　気のせい？　まさか、わざとじゃないよね？

こんな風に体をぴったり寄せ合って、耳元であれこれささやかれていると、平常心を保つのが難しい。遼介は容姿だけじゃなく声にも人を惹きつける魅力があった。

普段の会話でも、何気なく声を潜める瞬間や、独り言をつぶやくようなときなど、彼の魅惑的な低音に思わず聞き惚れてしまうのだ。

フィーリング、もしくは波長のせいかもしれない。最近になって気づいたことだが、遼介とはなぜか妙に息が合う。あまり言葉を尽くさずともお互いの言いたいことがわかるし、最初の数フレーズを聞いただけで話が通じる。一を聞いて十を知るというか、言葉にせずともこちらの伝えたいことを、彼はかなり正確に汲み取ってくれるのだ。たまに怖くなるぐらいに。

彼の頭が良すぎるのか、勘が鋭すぎるせいなのかもしれない。いずれにしろ、あまり気が合いすぎるのも考えものだ。つい気を許してしまい、これは仕事で自分は家政婦なんだという事実を忘れそうになる。ここのところ思春期の女の子みたいに、胸をドキドキさせてばかりだ。

凛花は、自分はただの家政婦なんだぞと、内心で何度も言い聞かせる。ちょっとした油断がミスに繋がるし、お客さまを男性として意識するなんてプロ失格だ。

「ちょっとマウスを貸して……」

そう言って遼介が身を乗り出し、凛花は完全にうしろから抱きしめられる格好になる。

ドクン、と心臓が跳ねた。カッと頬が熱くなり、頭の中が真っ白になる。

「くっそ。左手だと操作しづらいな……」

遼介はぶつぶつ文句を言いながら受信トレイをクリックする。凛花は心臓の音が彼に聞こえないよう、ひたすら祈り続けた。

すると、画面に一通のメールが表示される。

差出人：瀬田千里

日　付：7／15
件　名：連絡ください
千里です。大きな騒ぎになっていて、とても心配してます。
メッセージに既読もつかないし、大丈夫ですか？　生きてますか？
もし行き場がなければ、私のところに来て。
遼介に会えなくて寂しいです。
会いたいです。連絡ください。

「これってもしかして、彼女さんですか？」

ばっちり見てしまった手前無視するわけにもいかず、凛花は聞いた。

「元ね。もうとっくに別れたんだ。一年以上前に」

遼介が困ったように言う。

「でもこの書き方……別れた彼女って感じじゃないですよね」

「何度もきっぱり言ってるんだが、受け入れないんだ。今はＳＮＳもブロックしてる。既読がつかないのも当然だよ、読んでないんだから。ストーカー化ってほど深刻じゃないけど、たまにこういうメールがきて困ってる」

遼介は言葉どおり困った顔をして言う。

「ずっと無視してるってことですか？」

ついとがめるように言う凛花を横目で見ながら、遼介が答えた。

「下手に希望を持たせるほうがよっぽど残酷だろ？　その気もないのに」

「それはそうですけど……」

「こちらの意思をはっきり告げて、それでも相手が受け入れなかったら、もうそれ以上できることなんてないじゃないか」

確かにそのとおりだ。

凛花はそれ以上なにも言えなくなってしまう。そもそも一介の家政婦が、お客さまの色恋沙汰にあれこれ口を出す権利なんてない。

そこで凛花は、改めて差出人の名前を見て「あれ？」と思う。

「もしかして……瀬田千里さんってあのモデルの？　ファッション誌とか化粧品のＣＭとかでよく見る」

「そう。さすが女の子は詳しいね」

凛花は驚きのあまり絶句してしまった。

瀬田千里と言えば、若い女性の間で有名なファッションモデルだ。ファッション誌やＣＭのみならず、ドラマやバラエティ番組にもたまに出演している。どんな服でも着こなすと言われているスタイル抜群の超美人で、女性なら誰もが憧れるだろう人だった。

確か両親ともに有名な俳優で、生まれや育ちからして桁違いの人だ。

遼介さんってあの瀬田千里さんとつき合ってたの……!? 自分でも驚いたくらいだ。

目の前がぐらりと傾ぐような衝撃に見舞われた。それがあまりに強くて、自分でも驚いたくらいだ。今一つ実感がなかった遼介との住む世界の違いを、ハンマーでぶん殴られる勢いで自覚させられた気がした。

私、馬鹿だ。一瞬でも遼介さんを男性として意識してしまうなんて。

あんなに華やかで綺麗な女性とつき合っていた遼介さんにとって、私なんて恋愛対象になるわけがないじゃない！

「野川さんって、彼氏いるの？」

「いいえ。いません」

「僕も今はいない」

「……そうですか」

なんでそんなことをわざわざ言うのかなと、凛花はチラリと思う。

「ま、こんな感じでたまにプライベートなメールも交ざってるから。判断に困ったら残しておいて」

言いながら遼介の体が離れていったので、凛花はホッとして「承知しました」と答えた。

遼介が別のパソコンの前に座ったのを見て、凛花はさっそく作業を開始する。一件ずつメールを開いているうちに、自分に呆れて笑い出したくなるような、あきらめに近い感情が湧いてきた。

これでよかったんだ。調子に乗って浮かれて恥をかく前に、ちゃんと気づけてよかった。

彼と私は住む世界が圧倒的に違うんだってことに。

それでも、遼介が瀬田千里に優しく微笑みかけたり、二人が抱き合ったりする姿を想像すると、胸が引きちぎられるような心地がする。

凛花はその胸の痛みに気づかない振りをして、マウスの操作に集中した。

メールの仕分けを始めてから三日が過ぎた、深夜二十三時。

遼介は自室で独り、ウィスキーのロックを舐めながら満足感に浸っていた。

――野川さんはよくやってくれている。彼女がここに来てくれて、本当によかった。

今日は朝からいい天気だったので、仕事は完全オフの日にして庭でBBQをやった。といっても、単に野菜と肉を網で焼いただけだったが、妙に楽しかった。ひさしぶりに開放的な気分になれたし、彼女もいつになくはしゃいでいて会話が弾んだ。

ここでこんなに楽しい気分が味わえるなんて、来た当初には想像もつかなかった。それもこれも全部、彼女のおかげだ。

彼女と一緒に仕事をするようになって、いろいろなことによく気がつく子だと感心した。仕事もテキパキしていて段取りがいい。こちらのやりたいことを察して先回りしてくれるし、作業が速くて正確だ。つまらない仕事を正確にやれる人は、意外と少ない。そして、それは遼介が一番求めている人材でもあった。さすが叔母に鍛えられただけあって、彼女の能力は素晴らしい。

こんな山奥で家政婦をやっている人がなぜこんなにも有能なのか理解に苦しむくらいだ。

――お料理上手だし、テキパキしてるし、パソコンも使えるし、とっても有能なのよ。彼女は我が社のエースなんだから。

初日に礼子が言っていた言葉を思い出し、噴き出しそうになった。

――まったく、叔母さんが言っていたとおりじゃないか！　全然期待してなかったからびっくりだ。ここまであのセリフのとおりだとは思わなかったぞ。マネージャーを失った今、野川さんを秘書に抜擢したいぐらいだ。

遼介の秘書には、特殊な業務も専門知識も要らない。そうしたものは遼介が持っているし、必要ならば金を払って専門家を雇えばいいのだから。遼介は誰にでもできる作業を正確にやってくれる右腕が欲しい。それこそ、彼女みたいな人はもってこいだ。本気で彼女に打診してみようか。今より遥かにいい報酬を出すから、自分のところに来ないかって……

——でも、そんなことをしたら叔母さんにキレられそうだな。いや、労働市場とは競争なわけで、僕が彼女を合法的にヘッドハンティングする分にはなんの問題もない。けど、まるで彼女を金で買うみたいな方法は、下品だと思われるだろうか？

そこまで考え、「あれ？」と首をひねった。

なんで彼女に下品と思われるかどうかを気にするんだ？　別にどう思われようが構わないじゃないか。違法行為をしているわけじゃなし。

しかし、彼女には人にそう思わせるなにかがあった。名前のとおり凛（りん）とした花の如（ごと）く、どこか神聖な雰囲気がある。普段はおっとりして柔（やわ）らかい印象なのに、ある一線は絶対に踏み込ませない気高さがあった。

同時に彼女は、こちらのプライベートにも一切触れてこない。もちろんそれは、最初に遼介がそう望んだからだ。しかしその気遣いは、当初こそありがたかったけど、今では少し寂しく感じる。

こちらに踏み込んでこないということは、すなわちあちらにも一切踏み込めないということとイコールだからだ。

遼介は巷で名が知られており、一般人に興味を持たれたり、あれこれ質問されたりすることに慣れている。それもあって、彼女みたいなタイプは新鮮だった。だからだろうか。彼女にならば事件の一部始終を話しても構わないと思い始めている。

彼女なら真摯に遼介の話に耳を傾け、曇りのない目で見てくれるんじゃないか、と。

どうでもいい奴ほど図々しく踏み込んでくる癖に、踏み込んできて欲しい相手はこちらを見向きもしない。世の中は、なかなか寂しくできている。

自慢じゃないが、遼介は割と女性にモテるほうだと思う。

学生時代から女性に不自由はしなかったし、こちらが好意を持った相手はたいてい向こうも好意を示してくれたから、つき合うのに時間も掛からなかった。周りの女の子から容姿を褒められたり、性格を褒められたりするのは日常茶飯事で、当たり前のように好意を受け取って生きてきた。

社会人になってからは、さらに向かうところ敵なしだった。

人間関係が飛躍的に広がって、合コンだのパーティーだのに行く機会が増えた。大きな声では言えないが、二十代前半はそこそこ遊んだほうだと思う。

そこで感じたことは、綺麗な女性ほど権力が好きだということだ。

独立し、タレントとしてメディアに露出するようになってからは、さして努力せずとも女の子のほうからやってきた。共演者だったり、ファンだったり、取引相手だったり……

彼女たちの目当てはわかりやすく、遼介のステータスだった。当時はそれでも別に構わなかったから、意気投合すればとりあえずつき合った。とはいえ、とっかえひっかえできるほど器用じゃないからほんの数える程度だが。瀬田千里もそんな風にして出会った女性の一人だ。

ファッション誌のモデルをやっている彼女とは雑誌の取材でたまたま一緒になり、何度か食事に行くうちにつき合うようになった。ただ、千里が遼介を思うほど、遼介の情熱が育たなかっただけだ。

自分にとっての一番は常に仕事だったから、千里の存在が仕事に支障をきたすようならば迷いなく切り捨てた。

——結局、僕は自分のことしか考えていないんだろう。けど、それのなにが悪い？つき合っているだけで、結婚しているわけでも婚約しているわけでもない。恋人だから○○すべきだなんて、ただの支配じゃないか。そんなものに僕のやりたいことが阻害されるのはまっぴらだ。

夢を描いて目標を立て、そのために相当な犠牲も払ったし努力もしてきた。遼介が血を吐くような思いで積み上げてきたものに対し、敬意を払えない女性は無理だった。仕事で記念日に会えないなら別れてやると言われたら、どうぞどうぞという感じだ。

そういう話をしたら、凛花は軽蔑するだろうか。でも、彼女ならわかってくれるような気がした。なぜなら彼女が仕事に対してとても真剣に取り組んでいるのが見て取れたから。

小さな軌道を正確に回り続ける名も無き衛星みたいに、彼女は仕事を一つ一つ丁寧に仕上げていく。

遼介はそんな彼女のひたむきさを高く評価している。

ひたむきな人間が好きだ。周りに笑われようが馬鹿にされようが、自分が大切だと信じるものに一心に打ち込む人が。彼女にはそういったひたむきさがあった。

ひたむきな人間は他人のゴシップになど、興味を持ったりしないのかもしれない。以前、彼女が遼介の醜聞やプライベートに興味がないと言ったのはきっと本心だろう。

けれど、なぜか遼介は、彼女の注意をこちらに向けさせたかった。

彼女は好きな男に対しても、あんな風にひたむきな愛情を注ぐのだろうか。

そう考えたら、見知らぬ男がうらやましく思えて、胸がざわついた。もちろん、彼女の恋愛事情など遼介には一ミクロンも関係がない。だが、遼介は無類の負けず嫌いだった。

彼女が好きになる男は僕よりスペックが上なのだろうか？　彼女はどんなタイプを好

きになるのだろう？　気がつくと、そんなことばかり考えていた。

しかし、これは別に彼女とつき合いたいとか、そういうゲスな興味じゃない。決してそういう下心ではなく、彼女とはいい友人になれるような気がしたから……

頭の中で懸命に言い訳を並べている自分に気づき、苦笑してしまう。いい加減、認めたほうがよさそうだ。

遼介が彼女に対して興味を覚えているのは紛れもない事実だと。

遼介はおもむろにウィスキーの入ったグラスを呷り、いったん思考を停止した。

空になったグラスをサイドテーブルに置く。少し酔いが回ったみたいだ。顔でも洗って頭を冷やしてくるか……

そう思い、松葉杖を持ってバスルームへ向かった。

松葉杖をつき一歩ずつ廊下を歩きながら、脳裏に浮かぶのは先日書斎で凛花と交わした会話だった。彼女から瀬田千里とのことを聞かれ、ついムキになって関係を否定したこと。聞かれてもいないのに、彼女はいないと宣言してしまったこと。

あんなことをわざわざ言う必要はなかったよな……

最近妙に彼女を意識してしまい、調子が狂ってしまう。自分が無意識にとる行動に自信が持てない。

ため息を吐きつつゆっくりバスルームまで歩いていって、入り口のドアを開けた。

いつも細心の注意を払って、なるべく彼女の生活スペースに立ち入らないようにしていたのに、この夜は完全に失念していた。バスルームの灯りがついていたのは確かに目に入っていたけれど、遼介は何も考えずドアを開けてしまったのだ。

開いたドアの先に、凛花が立っていた。

こちらを向いた彼女は一糸まとわぬ姿で――

その瞬間、まずいぞ！　と脳内で警報が鳴る。しかし、遼介は突っ立ったまま石像のように動けなかった。まばたきも呼吸も忘れ、ただその美しい肢体を網膜に焼きつける。アップにした彼女の濡れた黒髪が、一筋ハラリと鎖骨の窪(くぼ)みに落ちた。その黒が、真冬の雪のように白く輝く肌の色を際立たせている。鎖骨の下から膨らんだ乳房は目を見張るほど大きく、マシュマロみたいに柔(やわ)らかそうに見えた。

見ちゃダメだとわかっているのに、彼女の体から目が離せない。

カッと頭に血が上(のぼ)ってしまい、なにも考えられなくなる。

その間、〇コンマ二秒ぐらいか。もしくは、二十秒ぐらい経過していたかもしれない。とにかく測定不能な時間が経過したあと、目の前で彼女がゆっくりと身じろいだ。

いつもは少し眠たげな顔をしているけど、このときの彼女は驚いたように目を見開いていた。唇を「あ」の形に微(かす)かに開き、まっすぐ遼介のほうを見ている。その瞳に浮かぶのは純粋な驚きだけで非難の色はなかった。

次の瞬間、金縛りが解けた遼介は焦って叫んだ。

「ご、ごめんっ！」

そして、返事も待たずにぴしゃりとドアを閉め、素早く踵を返す。

ドアを閉める直前、遼介の目が捉えたのは、彼女の艶やかな唇の間からわずかにのぞく真っ白な歯だった。

全身をドクドクさせながら、遼介は元来た廊下を必死で引き返したのだった。

今の……完全に見られたよね？

凛花は脱衣所に立ち尽くしたまま、遼介が去ったドアを呆然と見つめていた。

鍵を掛けておけばよかったと後悔する。今さら遅いけど、体にバスタオルを巻きつけ、ガチャリとドアに鍵を掛けた。

この時間、彼が部屋から出てくることはなかったから、つい油断して施錠を怠ってしまった。

……怒られるかな？

怒られるかもしれない。わからない。さすがにクビってことはないだろうけど……

追いかけていって謝罪しようかと悩むも、事態が余計ややこしくなりそうだと思い直す。

――遼介さんのほうが「ごめん」って謝ってたし、しばらく様子を見たほうがいいかも。大体、見られたのはこっちだし、一応私のほうが被害者なわけだから……

そこまで考えて首をひねる。この場合どうなるの？　見られた私が被害者なの？　それとも、見たくもないものを見せられた彼が被害者なのだろうか？

こういうケースのセクハラは、どちらの立場でも成立しそうだ。

とりあえず、あちらからなにか言われるまで黙っておこうと決意する。なにか文句を言われたら誠心誠意謝罪すればいいし、逆に謝罪されたら受け入れればいい。それで万事解決なはずだ。

凛花は、裸を見られた恥ずかしさよりも、契約に響かないかどうかが心配だった。遼介の不興を買って、契約が不本意に打ち切られるのだけは避けたい。

――仕事柄、お客さまの裸を見ることはしょっちゅうだけど、相手に見られたのは初めてかも……

男性経験がまったくないわけじゃない。十九歳の学生のときにできた初めての彼氏と初体験は済ませていた。彼は都内の大学に通う学生で、バレーボールの選手だった。就職してからなんとなくすれ違いが多くなり、自然消滅してしまった。裸を見られたのは彼に続き、二人目ということになる。

予期せぬトラブルに、我知らずため息が漏れた。

凛花はバスタオルで体を拭いて着替えると、ドライヤーで髪を乾かした。そのまま何事もなかったようにバスルームを出て、自室に戻る。

眠るまでの間、布団に横になりながらスマートフォンで動画を見た。それは、とある大学の入学式で、遼介が新入生に向けてスピーチをしている動画だ。

ネットでよく話題になっていたから、一度見てみたいと思っていた。再生ボタンを押すと、すぐに大学の大講堂が映し出される。ちょうど暴行事件の報道があった直後のことで、新入生席のあちこちから「クソ野郎」「詐欺師！」といった罵声が飛び交い、見ているこちらがヒヤヒヤした。

そんな中、遼介は颯爽と壇上に現れた。シルエットが綺麗なタイトなスーツに、ネクタイをせずにワイシャツを第二ボタンまで開けたラフな格好だ。すらりとした長身で顔の小さい遼介は、惚れ惚れするほど格好良かった。アシンメトリーにカットした流行りの髪型が似合っていて、海外ブランドのモデルみたいだ。遼介が演台に両手をついて視線を上げると、会場がシン、と静まりかえる。

遼介はゆっくりと会場を見渡したあと、にっこりと柔らかく微笑んだ。鬱屈した感情を一切感じさせない、優しい笑みだった。彼はマイクに口を寄せると、穏やかな口調で語り始める。

スピーチの間も、時折「うるせー」とか「最悪だなおまえ」といった怒号が聞こえてきて、学生たちからゲラゲラと笑い声が響いた。そのたびに遼介は少し沈黙し、笑い声が収まってから語り出す……というのを続けていた。

スピーチの内容は、学生じゃない凛花でも引き込まれるものだった。

これまでの社会とこれからの社会の差異。敷かれたレールの上を走っているだけでは、自然と行き詰まり袋小路に陥(おちい)ること。自分で考え行動することの大切さ。周りの目を恐れないこと。自(みずか)らの感性を信じること。さらに、大きなグローバル化の流れの中での立ち位置など……

一貫して伝わってきたのは遼介の熱い気持ちだった。それは愛と言い換えてもいいかもしれない。学生たちを応援したい、夢を描いて生きて欲しい、自分の知識を将来に役立てて欲しい……そんな遼介の情熱がひしひしと伝わってきた。彼の著書を読んだときに感じたあの熱量と同じものだ。読者に向けられていた優しい眼差(まなざ)しが、ここでは学生たちに向けられている。

『自分の喜びに従って生きて欲しい。楽しい、ワクワクする、夢中になってやらずにはいられない……そんなものが誰しも一つはあるはずです。それがどんなに、他人にとってつまらなくて無価値なものでも』

遼介はまっすぐ前を見ながら、スピーチを続ける。

『好きなことをして生き始めた瞬間から、君たちはある境界線を越えることになります。これまで安全だった世界は危険に満ちたものに変わり、家族や友人、仲の良かった人たちが、ときとして敵に回る。誰も君たちを理解してくれず、誰もが君たちの足を引っ張ろうとするかもしれない。ひとたびその境界線を越えたら、なにがあっても、たった独りで歩いていかないといけません。ノーヒント、ノーサポートです。それが好きなことをして生きるということの、代償です』

凛花は息を詰めて画面の遼介を見つめる。

今の言葉は、まるで彼自身の境遇を表しているみたいだ。

夢を追いかけて挑み、罠に嵌(は)められ、誰にも理解されず、周囲に足を引っ張られる……

彼の語る代償とはあまりにも大きい。

そのとき凛花の脳内に、遼介宛てに届いた大量の誹謗中傷(ひぼうちゅうしょう)メールが思い出された。

＞社会のゴミは暴行されて死ね。

＞結局はカネで解決ですかー？　死ねよカス。

＞逃げ回ってないで出てこいよ。暴行とかクソすぎだわ。

＞イケメンタレントｗｗｗ　ただのクズだろｗｗｗ

大半の差出人が匿名で、遼介を悪しざまに罵り馬鹿にして嘲笑する内容ばかりだ。内容があまりにも常軌を逸していて、凜花は背筋を凍らせながら一通ずつメールに目を通した。

そこには憎悪や、苛立ち、相手を抹殺してやりたいという強い暴力性が渦巻いていた。彼らは遼介を暴行犯だと誇るけれど、むしろ彼らのほうがよっぽどひどい暴行をしていると思えた。途中、あまりの理不尽さに、なんだか泣き出したい気分になった。

これが彼の立つ世界なんだ。

真っ暗でなにもない、冷たい荒野みたいな場所に、たった独りで彼は立っている。

そのとき、画面から遼介の力強い声が聞こえてきた。

『だけど僕は、敢えてその境界線を越えろと言いたい。自らを危険に晒すには大きな勇気が必要です。だけど恐らく、それが生きるということなんだと、僕は思います』

この言葉は紛れもなく、遼介が学生たちに向けて贈った、等身大のエールだった。同時に、彼自身が抱える現状についての告白でもあったのだろう。

遼介のスピーチはふたたび罵声で掻き消される。たぶん彼の思いはほとんど学生たちに届いていないだろう。それも彼はわかっているんだ。

自分の喜びに従って、境界線を越えたところで生きている彼は、どんなに理不尽な目に遭っても、なに一つ後悔していないし、それが生きることなんだと断言できる強さを持っている。

この瞬間、凛花の遼介に対する認識が激変した。

遼介は社会で生きる人たちのために身を粉にして講演をこなし、魂を込めて原稿を書き続けてきた人だ。なのにその報いが、パートナーに嵌められ濡れ衣を着せられたあげく、見ず知らずの人たちからひたすら憎まれ続けることだなんて、あっていいのだろうか。

――遼介さんの力になりたい。初めて心の底からそう思えた。

彼に言えば「僕は大丈夫だ」と言うだろう。プライドの高い人だし、きっと同情されるのを嫌うだろうから。たとえそうでも、自分にできることはなんでもしてあげたかった。

今夜のことは、おとがめナシだといいなぁ……

たかだか裸を見られたくらいで、今の彼との良好な関係を壊したくない。凛花は祈るような気持ちで灯りを消し、布団を被って眠りに落ちた。

それから二日後の九月二十八日。

時刻は十八時半を過ぎた。窓の外はすでに夜の帳が下り、キッチンでは食洗機が回る音だけが静かに響いている。

「えーっと、オートメニューを押して七番に合わせてから、セットを押してそのあと温度調節ですね？」

凛花はオーブンレンジのタッチパネルを操作しながら遼介に確認した。

「そう。で、温度調節はその横のプラスマイナスのボタンを押して。そこじゃない、その隣の丸い奴」

遼介は怪我をした右手の指をかばいながら、器用に取扱説明書のページをめくって言う。

「ああっ、これかぁ。なるほど、これを、こうして、こうか！」

「そうそう。ほら、二百度の表示が出ただろ？」

「ありがとうございます！　助かりました。こんなに大型で高性能なオーブンレンジを使ったことがないものですから……」

「いや、僕も勉強になった。あるのは知ってたけど一回も使ったことがなくてね。君みたいに素晴らしく料理上手の人に使ってもらえて、オーブンレンジも働きがいがあるだろうな」

遼介にさらりと褒められ、凛花の胸の内にうれしさが湧き上がる。

二日前に起こったアクシデントは、二人の間でなかったこととして扱われていた。心配しながら翌日を迎えた凛花は、いつもどおりの遼介の態度に肩透かしを食らったほどだ。きっとそれは、遼介なりの優しさなのかもしれない。凛花としても、波風立てないでいてくれるのは、うれしかった。おかげで、二人はこれまでどおり穏やかで平和な毎日を送っている。

このまま何事もなかったように過ごそうと、凛花は心に決めていた。

朝起きて食事をともにし、同じ部屋で仕事をし、たまにそれぞれ別行動をして、夕食を一緒に取る……毎日同じサイクルを繰り返す中で、二人はお互いに居心地のいいポジションを見出していった。近すぎる距離に、時折ドキッとしたりうろたえたりする瞬間はあるものの、凛花も遼介との暮らしに慣れてきた。

「それで、今夜のおかずはなに？」

遼介がシンクに寄りかかりながら聞いてくる。

そんな風に聞いてくるのが子供みたいで可愛いと思いつつ、凛花は笑顔で答えた。

「ミートローフです。実は私の得意料理なんですけど、オーブンの使い方がわからなかったので……。けど、今夜から解禁です」

「それは楽しみだ。ミートローフだったら、赤ワインが合いそうだ。ワインセラーにある新しいのを開けようか」

「なら、私が取ってきます。ワインに、とっても合うと思いますよ。これ、次はスタートボタンを押せばいいのかな？」

「そう、それでOK。あとは焼き上がるのを待つだけだ」

料理が完成するのは十九時を過ぎるかなと頭の中で計算しながら、凛花はタッチパネルのスタートボタンを押した。

その数秒後。

バアンッ！　となにかが弾ける音がして、辺りが暗闇に閉ざされた。

凛花はとっさに悲鳴を上げる。

「きゃっ！　なに？　どうしたの？」

「ああ、きっとブレーカーが落ちたんだ」

「え？　ブレーカー？　わ、なにも見えない……」

「大丈夫。野川さん、落ち着いて。ブレーカーを上げればすぐ直るから」

暗闇の中、二人は声だけでやりとりする。遼介の冷静な声が納得したように言った。

「なるほど、食洗機とオーブンレンジは同時に使うとダメなんだな……」

「すみませんっ！　私のせいですね。ごめんなさい……」

「謝る必要はないよ。二人とも知らなかったんだから仕方ない。ちょっとブレーカーを上げてくる。確か玄関ホールにあったと思うんだ」

「あ、ダメです！　遼介さんは怪我をしているんですから、私が行きます！」

「おい、ちょっと待て！　こんな状況で下手に動いたら危ない……って、あ、おいっ!!」

凛花が闇に向かって二歩進むと、ふにゃっとしたものを踏んづけた。あっ、遼介さんの足かも！　と慌てて後ずさったら、ガンッとなにか硬いものにかかとをぶつけてしまう。そのままバランスを崩してうしろに倒れそうになり、とっさに手に触れた布のようなものを掴んだ。

「きゃっ!!」

「うわっ!!」

二人の悲鳴が同時に上がる。凛花はうしろ向きに床に倒れ込んで尻を強打し、痛みで息が止まった。続けて、シンクの上にあったボールやバットなどが床に落ちるけたたましい音。そして、勢いよくバストに硬いものが当たり、重たいなにかに圧し掛かられた。

「わっ、わっ、おいっ、痛たたた……」

「あ、すっ、すみませんっ！　大丈夫ですか？　あ、痛っ！」

「ごめん。大丈夫か？」

二人は暗闇で探り合ってお互いの現在位置を確かめた。

どうやらとっさに引っ張った布は遼介の浴衣で、圧し掛かってきたのは彼の体らしい。

二人はちょうど抱き合うような格好になっているようだ。仰向けで床に倒れた凛花の胸の上に、遼介の頭が載っている。なんにせよ、真っ暗でなにも見えない。

「す、すみません。私が引っ張ったから、遼介さんまで倒してしまったみたいで……」

「こっちこそ、ごめん。見えなくて油断した……怪我はない？」

「はい。大丈夫です。遼介さんこそ、大丈夫ですか？」

「なんとか。ちょっと待って、今起きるから。くっそ、ギプスが邪魔で……」

凛花の上で遼介がもぞもぞと体を動かす。凛花は胸をドキドキさせながら大人しく待つ。

しかし、しばらく身じろぎしていた遼介は、バストの間に鼻先を埋めたまま動かなくなった。彼が起き上がるのを待っていた凛花は「あれ？」と思う。

……遼介さん？

なぜか彼は凛花の上で微動だにしない。彼の吐く温かい息が、ニットをすり抜け、乳房の谷間の肌を湿らせた。

トクン、トクン、トクン……

少しずつ速くなっていく鼓動を感じる。それが自分のものなのか、彼のものなのかわからない。目が暗闇に慣れてくると、窓の外がうっすら明るいのがわかる。厚い雨雲を通り抜けて、月灯りが届いているのかもしれない。

彼は静かに呼吸をしている。凛花も天井にある火災報知機の影を見つめながら、ただ呼吸を繰り返した。彼のごつごつした硬い体は温かく、乳房の谷間にかかる息は優しい。

だからなのか、恐怖感はなくむしろ安心して身を委ねていられるような……

そのとき、遼介の左手がおずおずと乳房の横に触れた。丸みのあるラインに沿って手のひらが動く。そして、柔らかさを確かめるみたいに、そっと力が込められる。

あっと、凛花の喉の奥が微かに鳴った。

彼の大きな手は凛花の乳房の上にとどまっている。優しい触れ方なんだけど、すごくいやらしい感じもして、一気に体温が上がった。

りょ、遼介さんっ……

否も応もなく淫らな気分になってきて、ドキドキが加速した。心なしか遼介の呼吸も荒くなっているようだ。彼の手が触れている場所がひどく熱いような錯覚に囚われて、息が苦しくなる。

し、心臓の音が……遼介さんに、聞こえちゃう……

凛花の鼓動は轟かんばかりに脈打ち、彼を意識すればするほどますます乱れた。恥ずかしさで顔が燃えるように熱い。たぶん真っ赤になっていると思う。凛花は、彼の手が乳房に触れるのを許したまま、押しのけることも声を出すこともできず、ただ石みたいに身を硬くしていた。

しばらくの間、二人は重なり合った体勢でじっとしていた。壁時計の秒針が時を刻む音が異様に大きく響く。感じるのはお互いの鼓動と呼吸だけ。

男性に胸を触られているんだから、きちんと振り払うべきだったのかもしれない。けど今の状況的に、はたして咎めていいものかどうか迷う。それに、彼の手が全然嫌じゃなかったのだ。

恥ずかしくて、心地よくて甘やかで、ドキドキしすぎて心臓が壊れそうになっている。今まで、こんなに狂おしく感じる時間を経験したことがない。

早くこの瞬間が終われ！　という思いと、永遠に続いて欲しいという願望が、同時に胸の中に膨らんでいく。なんだか息がうまくできないし、頭の中が真っ白でなにも考えられない。

どれくらいしてからか、ようやく遼介の体が離れていった。

凛花の口から、思わず安堵のため息が漏れる。しかし、二人の間に冷たい空気が流れ込んだ瞬間、なぜか一抹の寂しさを感じてしまった。

「ごめん」

少し興奮を孕んでいるような彼の声。

「い、いえ」

思わず、凛花の声も掠れてしまう。

「……玄関に行ってくる。君はここにいて、動かないで」

「はい」

彼が立ち上がり、足を引きずるように遠ざかっていく気配がする。

凛花は冷たい床に身を横たえたまま、熱くなった体が冷えていくのを感じていた。

それから二日経った、九月の終わり。

今日も二人はいつもどおり書斎でそれぞれの作業をしている。L字型に渡されたデスクの前にそれぞれ座り、ノートパソコンに向かっていた。外はあいにくの曇天だ。鈍い光が障子越しに差し込み、湯呑を照らしている。サアアッと渓流の音が微かに聞こえてくる中、イグサの香りを嗅ぎながら仕事をするのはなかなかいい。

うちのオフィスも和室にしたらどうかな？　仕事がはかどりそう。

凛花は座椅子の背もたれに寄り掛かりつつ、そんなことを考える。

一昨日の暗闇のアクシデントについて二人が口にすることはなかった。しかしあれ以来、お互いどこか意識し合っているような気がする。たとえば、同じパソコンを見ながら話をするとき、以前は手や肩が触れ合っても遼介は平然としていたのに、昨日も今日も彼は慎重に距離を取って触れないように注意している。凛花もいつもどおり振る舞いながらも、そんな遼介の変化に気づいているのだった。

依頼されたメールの整理は順調で、予定より早く終わりそうだ。

凛花はメールの仕分けだけでなく、メールへの返信と、簡単なスケジュール管理も任された。彼が受けると言ったコラムや論文の執筆依頼に返信し、彼のスケジュール帳に締切日を書き込んでいく。彼からは、セミナーや講演の依頼については、年が明けた三月以降のものだけ対応して欲しいと指示されていた。

遼介は来年の三月に復帰するつもりなのだろう。だとしたら、この生活も長くてあと数か月くらいかもしれない。復帰するなら、その前に東京に帰ってやることもあるだろうから、彼は早めにここを出て行くはず。

「今書いてる原稿、一連の傷害事件の暴露本なんだ」

唐突に遼介は言った。

凛花はドキッとして彼のほうを振り向く。

「あれだけの騒ぎになってるんだし、格好のネタになるだろう？　試しに知ってる出版社に企画を持ちかけたら、二つ返事でOKをもらったよ。内容は、僕の無実を訴えるというより、大衆の暴力の恐ろしさにスポットを当ててみたんだ。普段大人しい人間が、集団になると暴徒と化す。相手が悪ければなにをしてもいい……そうして、善人が暴力を振るうんだ。人々の目をくらましている正しさの残虐性みたいなものを、ガッツリ抉(えぐ)って書いてやる」

「けど、そんなことをしたらまたなにを言われるかわかりませんよ」

「いいんだよ。騒ぎになったらなったで、いい宣伝になるだろ。僕の目的はたくさんの人に著書を読んでもらうことだ。それ以外のことはどうでもいい」

そう言う遼介の横顔はどこか清々しさを感じた。

「私は遼介さんみたいには、とても考えられないです」

「そう?」

「やっぱり真っ向から存在を否定されると、打ちのめされると思います。ショックだし、悲しい気持ちになるかも……」

凛花はそう言いながら、なぜショックを受けるのかを考えてみた。

「たぶん、私は周りの人に認められたいのかな。認めてもらって評価されたい気持ちが強いのかも。だから、騒がれたり否定されたりしたら傷つくと思います」

「僕だって認められたいさ。尊敬されたり、評価されたり、チヤホヤされたいよ。誰だって当たり前だろ、そんなの」

「なら、なんでそんなに強気でいられるんですか?」

「強気っていうか、そうだな……」

遼介は眉を寄せて少し考え込んでから、おもむろに口を開いた。

「だって仕方ないだろ。起こってしまったことはどうしようもない。だったら、その状況で自分がどれだけ楽しめるか、そこが一番大事なんだと思う。そうやって人生をエンジョイしていくしかないだろ」

「ええ……」

遼介のポジティブな考えに、凛花は言葉を失った。

「基本的に、僕はコントロール不能なことは放ったらかしなんだ。起きることは今起きていなくても、いずれは起きるんだよ。今回の件は僕のマネージャーの笠井昭彦が起こした事件だけど、遅かれ早かれこういう事態になっていたと思う。たとえ僕がどう振る舞っていても、事件は防げなかっただろう」

「そうなんですか？」

凛花が怪訝な顔をすると、遼介は腕組みをしてから言った。

「ああ。今回の事件のキーワードは、嫉妬だと思う」

「その、笠井さんという方が遼介さんに嫉妬したってことですか？」

遼介は凛花を横目で見てうなずく。

「だからって僕が昭彦に遠慮してタレント活動を自粛するなんて有り得ない。昭彦がうらやむからって、出版をあきらめたり、講演や出演をキャンセルしたりすればいいのか？　そんなわけないだろ」

「そうですね。生きることをあきらめるみたい」

凜花が同意すると、遼介も力強くうなずく。

「うん。そんなことをしたって誰も幸せにはならない。人間は残酷な生き物なんだ。皆仲良くなんてのは建前で、本音は目立つ人間を引きずり下ろしたい、人より目立ってチヤホヤされたいと思うものなんだ。それがごく自然な、ありのままの人間の姿だと思う」

「極論を言ってしまえば、そうなんでしょうね」

凜花は、遼介の考え方を好ましく感じた。

たとえば、雨や雷があると嫌だなとは思うけど、だからって雨を憎悪して恨んだり、雷に復讐しようとする人はいないと思う。それと同じで、彼はどこか人の残酷さや嫉妬心を悪しきものだと唾棄せず、まるでお天気みたいに自然のものとして受け入れていると感じた。雨が降って濡れちゃったけど、仕方がないと肩をすくめるみたいな。彼のそういうしなやかな精神がすごくいいなと思ったのだ。

「僕と昭彦は、長いこと一緒に生きてきた。けど、別離の日を迎えたんだろう。離れる瞬間は、痛みだって伴うものだ」

「事件のことを思うと、ちょっと痛すぎるような気もしますけど……」

「あれぐらい思い切ってやらないと、きっと離れられなかったと思う」

遼介さんは強いなと、凜花は思う。けど、そうやって人と人の心が離れてしまうことは……

「寂しいですね」

凛花は言った。

「寂しいね。けど、たぶん、それでいいんだ」

そう言った遼介は、じっと障子を見ている。

凛花はそんな彼の整った横顔を見つめていた。柔(やわ)らかな光が差し、遼介の高い鼻梁と、凛々(りり)しい唇を淡く縁取っている。ボサボサの髪がこめかみに掛かり、彼の眼差(まなざ)しに物憂(ものう)げな影を落とした。今の彼の目には、厳しさと冷たさと鋭さが同居している。

彼はただ座っているだけで存在感があった。ラフなスウェットの上からでもわかるたくましい体つきは、お洒落(しゃれ)な写真集の一ページみたいだ。

遼介さんの奥さんになる人は、こんな風にいろんな彼の姿を毎日見られるのかな……

凛花はそんなことをぼんやり考えていた。

「僕のところに来ないか？」

出し抜けに遼介が言った。

「えっ？」

凛花は飛び上がるほど驚く。

「報酬は叔母さんのところより弾むし、賞与や有休も可能な限り善処する。君の望む条件を言ってくれないか」

そこまで聞いて、ようやく仕事の話をしているんだということに気がついた。びっくりした。奥さんのこととか考えてたから、勘違いしちゃったよ……

「けど、私なんかが遼介さんの事務所に入っても、あまりお役に立てないと思うんですけど……」

「そんなに難しいことをやってるわけじゃない。今みたいに取引先とのやりとりとか、原稿に関する調べものとか誤字脱字チェック。あとは、講演やセミナーの準備とか資料作りかな……。パソコンのソフトがある程度使えて、正確な文書や資料を作れて、スケジュール管理ができれば充分。それに君は、僕のやりたいことを汲みとって先回りしてくれるし、僕としてはぜひ来てもらいたいんだけど……」

「えええ、そんな！ そこまで高く評価して頂くほどの能力はないと思いますけど」

身に余るような遼介の言葉に、凛花はうろたえてしまう。

「そんなことないよ。ちょうど事務の子を一人雇おうと思っていたところだし、君なら美味しいコーヒーとご飯も作ってくれそう、おっと」

遼介はそこまで言って慌てて口を左手で押さえた。そして、視線を逸らしつつ、「まあ、ご飯とかは契約内容によるだろうけど」とゴニョゴニョ口ごもる。

そんな彼の様子が可愛くて、凛花の肩から力が抜けた。凛花はふーっと息を吐き、素直な気持ちを口にする。

「あの、大変ありがたいお話ですけど、いきなりは決められないです……今の仕事もありますし」

「もちろん、返事はすぐにとは言わないよ。ここでのタスクを終えて、東京に戻ったあとでいいから、前向きに検討してくれるとうれしい」

「わかりました……」

そう答えながら、東京に戻ったあとも彼に会えるのかなと思って、少しうれしくなった。

自然と凛花は、東京のオフィスで遼介と仕事をしているイメージを思い浮かべる。

きっとお洒落(しゃれ)なオフィスなんだろうな。場所もたぶんいいところにあって、ＯＡ機器とかも最新型で働いてる人も素敵な人たちばかりで。出勤はやっぱりスーツかな。動画で観た遼介さんのスーツ姿、むちゃくちゃ格好良かったなぁ……

それは楽しい夢想だった。スタイリッシュなオフィスで目の覚めるようなイケメンと、やり甲斐のある仕事に追われる日々。まるでテレビドラマか転職サイトのＣＭみたいだ。

そんな美しい幻想に憧れて、誰もが転職したり、資格を取ったり、努力したりしている。

遼介に聞かされた話は、まるでそうした幻想が具現化したものみたいだった。

そんな幻想に憧れない、と言えば嘘になる。遼介が凛花を評価して、そんな風に言ってくれたこともうれしい。

でも彼の言葉は、この特殊な状況にいるからこそ出てきたものだ。東京に戻り現実に身を置けば、彼の考えも変わるに違いない。

それでも、夢見る分には自由だ。

「いいですね、そういうの。すごく憧れます」

自然と思いが口をついて出ていた。

「そういうのって？　どういうの？」

遼介が少し目を見開いて聞き返す。

「東京のオフィスで、遼介さんと一緒に仕事するのもいいなって。今の仕事も好きですけど、やっぱり接するのが高齢の方ばかりなので、ちょっと寂しさもあるんです」

「なら、ぜひうちに来ればいい。取引先もビジネスパートナーも、老若男女（ろうにゃくなんにょ）いろいろいて面白いよ」

凛花は首を横に振り、こう言った。

「ありがとうございます。けど、どっちにしても、私が遼介さんの仕事を応援してるってことは忘れないでください。実はこの間、遼介さんのスピーチしてる動画を見たんです。あの大学の入学式のときの……」

「ああ、あの新入生に向けたやつか。事件の直後で野次がすごかった」

遼介は当時を思い出したように顔をしかめる。

「けど、すっごい感動しました！　なんか学生さんに対する眼差しが、あったかくって優しくて……。あんな事件があったあとなのに、すごいなって思いました」

そう言った凛花を、遼介は穴が空くほど見つめてくる。

凛花は両手の指を組んで、さらに熱く感想を述べた。

「学生でもない私のほうがすっかり感化されちゃいました。いよっしゃー、頑張るぞ！みたいな。なんかもう、最後のほうは泣けてきちゃって……」

「あんなもんを聞いて泣くのは君ぐらいだよ」

「そうですね。おかしいですよね」

凛花は、えへへと照れ笑いする。

すると、不意に遼介が黙り込んだ。

おやっと思って視線を上げた凛花を、彼はじっと見つめていた。

よく見ると、彼の瞳は不思議な色をしていた。ゴールドに近い色の瞳が光を反射し、べっこう細工みたいに見える。遼介は慈しむような、深く憐れむような、名状しがたい表情を浮かべていた。

美しい瞳に目を奪われ、つい見入ってしまう。そこから、彼の伝えてくる感情を読み取ろうとした。

その間、遼介は少し顔を傾け、ゆっくりとこちらへ身を乗り出してくる。凛花はぼんやりとそれを見ていた。遼介さんのまつ毛長いなぁ、なんてことを呑気に考えながら。

直後、二人の唇が優しく触れ合う。

彼の唇のあまりの柔らかさに、心臓が跳ねた。

ふわり、ふわり、と二回ついばまれる。

……あっ……

弾力のある唇が、むにょりと潰れる感触に、ポーッとなった。

唇の薄い粘膜が擦れ合い、熱を持つ。

これまでにない、とても不思議な感覚だった。時間にすれば三秒にも満たないくらいの時間だったように思う。互いの間に引力のようなものが存在し、くくっと引き寄せられた感じがした。唇を隙間なく重ね合わせながら、かつてないほどのフィット感を覚えた。

まるで割れた陶器の破片と破片が合わさり、元の形に戻るみたいに。

体の奥の芯が、そろりと指でなぞられたように痺れた。

しばらくして、遼介はそっと顔を離す。まつ毛が触れそうな距離で、二人は見つめ合った。

なぜか彼は非常に驚いている。目を丸くして、呆気に取られたような表情をしていた。自分のしたことが理解できない、この現実が信じられない、といった風に……。

そんな彼を見つめながら、凛花のほうも驚きで動けなかった。

「ご、ごめん……」

遼介は呆然とした声で、小さくつぶやいた。

「いえ」

それしか言葉が出てこない。

遼介はうろたえた様子で「悪い、ちょっと外す」ともごもご言って、這（は）うように立ち上がる。そうして、書斎を出ていってしまった。

声を出すことも、彼を追うこともできずに、凛花はその場に独り残される。

なにが起きたのかうまく把握できないまま、指先で触れた唇は少し熱かった。

それからは異様に緊張した生活が始まった。

まるで極限まで張りつめた細い糸の上を、歩いて渡っているみたいだ。少しでも呼吸が乱れたり、バランスを失ったりすれば、真っ逆さまに奈落の底へ墜落する……。

これ以上二人の距離が縮まらないように、凛花は注意深く行動していた。いっぽうの遼介は、黙って考え込むことが多くなったと思う。以前のような笑顔を見せなくなったし、そうかと思えば時折じっとこちらを見つめていたりする。

せっかく良好な関係を築いていたのに、またふりだしに戻ってしまった。

あんなことさえなければ……

凛花は苦い後悔に襲われる。連日の不機嫌な態度を見ていると、どうやら遼介も同じ気持ちらしい。あの日は、とっさのことでキスを回避できなかった。びっくりして呆然としてしまって、彼を突き飛ばすこともできなかった。

さらに困ったことは、あのキスが嫌じゃなかったのだ……

彼に優しくキスされて、うれしさに近い感情が湧き上がった。そのことが事態を少しややこしくしていた。

もしかして私、遼介さんのことが好きなのかな？

自分のことなのによくわからない。好意は持っているし、嫌いじゃないのは間違いない。けど、恋愛対象として好きかと問われると考え込んでしまうのだった。

その日も、いつものようにダイニングテーブルに向かい合って座り、二人で昼食を食べた。食後の紅茶を淹(い)れている凛花の前で、遼介はじっと窓の外を見ている。彼はフード付きのゆったりしたスウェット姿で、凛花は白のニットにくるぶしまでのパンツという仕事着スタイルだ。

外は弱い雨が蕭々(しょうしょう)と降りしきり、雨粒に打たれて木々の葉が揺れていた。あの日以来、彼の顔を正視することがはばかられ、凛花は淹れたての紅茶の水面を見つめた。

「雨、なかなか止みませんね」

重苦しい空気に耐えかねて、凛花は控えめに声を掛けた。

「ああ」

遼介は窓の外を見たまま、素っ気なく答える。

「そろそろ足のギプスも、取れますね。回復が早くてよかったです」

「ああ」

「原稿のほうも順調ですし、復帰に向けていよいよって感じですね」

「うん」

「…………」

そのまま、ぎこちない沈黙が下りる。

歯車が全然噛み合ってないなぁ……

凛花はそんな風に感じていた。以前なら、彼と一緒にいるときの沈黙は心地よいものだった。多くを語らずともお互いにわかり合えていたし、一を聞いただけで十理解できる、いわゆるツーカーの仲だった。彼は言語化できない微妙なニュアンスまで正確に読み取ってくれたので、会話のキャッチボールがすごく楽しかったのに。

なにもかもが変わってしまったと、凛花は憂鬱な気分になる。

そのとき、遼介が視線を凛花に戻した。凛花は紅茶の水面を凝視しつつ、それを敏感に察知する。

……まただ。また見てる。

あれ以来、彼は時折こんな風にじっと見つめてくる。それはこちらが作業をしているときや別のことに集中している瞬間で、たぶん彼はこっそり見ているつもりなのだろう。けど、しっかり気づいていた。その視線がひどく熱っぽく、濃度が高いことにも。

凛花は紅茶を見つめたまま、メデューサに睨まれて石になったみたいに動けなかった。視線の圧を感じ、微かに顎が震える。

ほ、ほんとに焼け焦げて、穴が空いちゃいそう……

このまま彼の熱視線にじっと晒され続けているのは耐え難かった。

凛花は両手をテーブルにつき、バッと立ち上がる。その際、勢い余ってダイニングチェアがうしろに倒れ、けたたましい音を立てた。

「あ、すみません……」

ダイニングチェアを起こして元に戻してから、天井まである掃き出し窓の前に移動する。ピカピカに磨かれた窓ガラスに手をつき、雨に煙る木々の緑を見つめた。

「本当にいいキッチンですね。窓ガラス一枚隔てて、こんなに雄大な自然が広がってるなんて……」

凛花は誰ともなしにつぶやいた。

「私、昔から雨って好きなんです。田舎の雨の匂いがすごく好きで……。都心にいると雨の匂いってあまり感じないですよね」

遼介は黙したままなにも答えない。凛花としては別にそれでも構わなかった。

さてと。ご飯も食べたし、休憩もしたし、そろそろ仕事を始めるかな。

両手を天井に向けて上げ、う～んと伸びをして、踵を返そうとした。

そのとき。

すぐ背後に、彼の気配を感じた。

遼介は凛花の体に覆いかぶさるようにして立っている。

ドキリとした。

音もなく彼の左腕がするりと腰に回される。そのままグイッとうしろへ引き寄せられた。バランスを崩してよろめき、彼の胸に背中から寄りかかってしまう。

あっと思った直後、ぎゅっと抱きすくめられる。

彼の唇が右の首筋にそっと触れるのを感じた。彼は匂いを嗅ぐみたいに、鼻からすっと深く息を吸い込む。

彼と触れ合っている場所が、火傷したみたいに熱い。

体が金縛りにあったように動かなかった。脈拍がどんどん速まり、息苦しくなる。

「……りょ、遼介さん……」

遼介は、凛花の右耳に鼻先を埋めて、唇を寄せてきた。

「野川さん……」

性的な色を帯びて、掠れた声。

彼が強く興奮しているのが、全身からビリビリ伝わってくる。その興奮につられたのか、凛花の鼓動はますます激しく乱れた。

しばらくの間、二人とも微動だにしなかった。少しでも動いたら、ダムが決壊して激流に呑まれるが如く、なにかが急展開してしまいそうで怖くて。

息もできないほど濃密な空気の中、遼介の左腕にそっと力が込められる。

彼の内部でなにかが限界まで膨らみ、今にも爆発しそうなのがわかった。そして、それを彼が懸命に抑えようと努力していることも。

「……野川さん」

哀願するような声に、ハートをぐさりと貫かれた。

背中から彼の鼓動が力強く、だんだん速まっていくのを感じる。遼介の体は、凛花の背中のラインに沿うようにぴったり密着していた。彼の体温は驚くほど高く、鍛え上げられた胸筋や、硬く引き締まった腹筋の凹凸まで感じられる。

すごく男らしく、頼もしいと思った。こんなにたくましく野生の雄を感じさせるほど、ガッチリ鍛えている人に会ったことはない。圧倒的に硬い男性の肉体に触れて、凛花は初めて自分は非力な女なんだと強く意識した。

「頼む……」

遼介は消え入りそうな声でささやく。

情にもろい凛花はこういうのに弱かった。縋るような声で懇願されると、ついなんでもやってあげたくなってしまう。しかも相手が憧れを抱いている人なら、なおさらだった。

しばらくためらってから、首だけ動かして彼のほうを振り向く。

すると、彼は焦がれていたみたいに、唇を重ねてきた。

柔らかい唇にキュッと下唇を挟まれ、鼓動が跳ねる。

……あっ……遼介さん……

舌先で唇をそろそろと真横になぞられ、堪らない気持ちになった。

「あっ……んっ……」

凛花が唇を開くと隙間から熱い舌がぬるり、と入り込んでくる。彼の舌先は愛をささやくように、そろっと凛花の舌の表面をくすぐった。

その甘やかな愛撫に、温かくて優しいものが、じんわりと胸いっぱいに広がる。まるで温かいお湯に浸かっているみたいだ。彼から伝わってくる熱が、魂の奥底まで温めてくれる。

舌先を甘く絡めながら、まぶたの裏側できらめく奔流を感じた。それが縮こまり強張っていた心を解放していく……

眩しい奔流に身を任せ、凛花は自分から舌を動かして彼に応える。

すると、遼介は大胆に舌を長く伸ばし、口腔の奥深くに挿し入れてきた。その淫らな動きがセックスの挿入を想起させ、頬にカッと血が上る。

ちょ、ちょっと……待って……！

甘やかな口づけが、徐々に官能的なものへ変わっていく。

いけないことをしているという甘美な背徳感が、背筋を這い上がってきた。

ねっとりと隙間なく重なる舌と舌。彼がゆっくり舌を動かし、舌の粘膜と粘膜がぬるりと滑る。ざらざらした舌の表面を擦り合わせると、とろりと唾液が分泌されてきた。

二人の唾液が混ざり合い、彼の口腔に送られる。だが舌と舌を絡めているうちに、今度は凛花の口腔に戻ってきた。いやらしい唾液のやり取りに、うなじのうしろがゾワゾワッと粟立つ。ごくりと唾液を呑み下すと、ぬるっとした粘液が喉元を通りすぎた。

彼の唇が一瞬離れ、喘ぐようにささやかれる。

「こっち向いて」

凛花がためらっていると、肩を掴まれ強引に彼のほうへ体を向けられた。

改めて正面から抱き寄せられ、ふたたび唇を貪られる。ウエストに回った手に強く引き寄せられ、腰と腰がぶつかり合った。

遼介は舌をねじ込んで、野獣みたいに口腔を蹂躙した。熱い舌が頬の内側を、ねちゃねちゃと舐る。尖った舌先が上顎を、こそこそとくすぐった。

「んんっ……！」

凛花は口を開けて彼を受け入れる。抵抗はおろか、されるがままだ。凛花が少しでも舌を動かすと、すぐに遼介の舌がぬるぬると絡みついてくる。粘膜の粘つきがひどくいやらしいのに、うっとりするほど甘やかで、下腹部の芯がじゅわぁっと痺れた。

「はぁ、はっ……。……んっ、はあっ……」

二人の唇の間から、湿った息が漏れ出す。

まるでセックスしているみたいなうめき声に、凛花は羞恥で体中が熱くなった。

こ、こんなことしたら……マズイのに。お、お客さまと……

それでも、体の芯をそろりそろりと愛撫されているような快感に、恍惚としてしまう。

うっとりするいい香りが、鼻孔を掠めた。しっとりした秋を彷彿させる、ハーブの爽やかな香りに、彼のワイルドな体臭が混ざったような匂い。深く吸い込むと、その香りが体中に染み渡って、細胞の一つ一つまで彼に支配される気がした。けど、嫌な感じはなくて、むしろすべてを彼に差し出したくなる……

彼に舌をしゃぶられながら、色っぽい男性の香りに酔わされていく。腰に回された力強い腕、手のひらや胸に触れる筋肉の硬さも好ましく感じた。濃度の高いアルコールを飲んだときより、もっとずっと心地よく、セクシーな気分が高まる。

あっという間に彼の情熱に呑み込まれてしまったこの状況に、凛花は戦慄（せんりつ）する。

……キ、キスが、めちゃくちゃうまい……

彼のキスは技巧的というより、激情型だった。彼の「好きだ」という気持ちがどっと流れ込んできて、こちらの胸まで燃え上がってしまう。こうして舌でくすぐり合っているだけで、睦言（むつごと）を交わしているようだった。言葉はなくとも舌先の優しい愛撫（あいぶ）ではっきりわかる。

君が好きだ。

君が欲しい。

そのまっすぐで強い想いに心と体が絡（から）め取られてしまい、抵抗する力を奪われるのだ。

彼の欲望が激流となって襲いかかってきて、押し流されそうになる……

繊細な舌先が、下顎（したあご）をそろりとなぞり、舌先に甘く絡（から）みついた。くすぐったさに、頭がポーッとしてしまう。

凛花の唇の端から、混じり合った二人の唾液が溢（あふ）れる。それは雫（しずく）となって、たらりと顎（あご）先まで流れていった。夢中で貪（むさぼ）り合いながら、舌も唾液もとろとろに甘く溶け合っていく。

凛花のお腹の辺りに彼の強張ったものが当たっている。それは大きく膨らんで、スウェットを力強く押し上げており、硬い棒の形状がはっきりわかった。彼に腰を引き寄せられ、それをグイグイ押し付けられ、鼓動が抑えようもなく乱れる。

りょ、遼介さんっ……ちょっとっ……！

長い時間、激しく濃密な口づけをしたあと、ようやく遼介は唇を離した。二人の唇の間に銀色の唾液の糸が引き、プツッと切れて凛花の顎に落ちる。

遼介は、ぐっと凛花の頭を胸に抱え込んだ。

「遼介さん、あ、脚は大丈夫ですか？　あんっ……」

べろり、と遼介の舌が凛花の耳朶を舐める。

くすぐったくて、全身に震えが走った。

「……大丈夫だよ」

彼のくぐもった声が、左耳にかかる。

凛花は長い髪をうしろで一本に縛り、両耳をすっきり露出していた。遼介は、そこを狙ってくる。

濡れた舌が、じわじわと耳輪に沿って這い上がっていく。熱い吐息が耳のすごく敏感なところにかかった。

ゾクゾクッ。

背中の産毛が、総毛立つ。

あっ……耳はまずい、かも……

「ちょ、ちょっと待ってください。あっ……ダメ……」

遼介の舌は容赦なく耳の中に入り込んできた。味わうように、ねちゃねちゃと外耳を舐り尽くされる。敏感すぎる場所を攻められて、耐え切れずに彼を突き飛ばそうとする。

だが、彼の屈強な左腕は凛花の腰を捕らえたままビクともしない。

「あ、や、やめてくださいっ……」

懇願すればするほど、彼の息遣いが荒くなる。耳の感度がよすぎる凛花は、ぎゅっと目を閉じて懸命に堪えた。

くっ、くすぐったいんだってばーーっっ!!

絶え間なく背筋に電流が走り、膝がガクガクする。しかし、彼の頑丈な片腕がしっかり支えてくれていた。

舌がずるりと耳を這うたびに、雨の音が遠のいたり、近づいたり、変な聞こえ方になる。まるで海の底に潜っているみたいだ……

「君の耳、すごく綺麗だなって、ずっと思ってた……」

心までとろかすような低音に、一瞬気が遠くなる。

耳への甘い責め苦はなおも続いた。彼がときどき喉の奥から漏らす小さな喘ぎが、凛花の鼓膜を淫靡に刺激する。いつも冷静沈着な遼介が悶えている様子に、どうしようもなく官能を煽られた。

ど、どうしよう、ショーツが……濡れて……

背後には窓ガラス、体はしっかりと遼介に捕らえられ、逃げ場はない。脚に力が入らないほどの快感で、拒む気力が失せているのが一番の問題だった。

するり、とニットの裾から遼介の手が滑り込んできた。冷えた手のひらが直に肌に触れ、凛花は小さく息を呑む。

「君に……もっと触れたい」

色っぽく掠れた声が、鼓膜からとろりと入り込み、冷静な判断力を奪う。

すごくいい声だった。優しくて、セクシーで、包み込まれるような。彼の声を聞いているだけで甘酸っぱい気分になり、なんだか意識が朦朧としてくる。

「もっとキスして、もっと舐めたい……ダメ？」

ダメだなんて言えないこと、わかってるくせに……

凛花は少し恨めしい気分で小さくうなずいた。

「ごめん。ベッドに移動すればよかったな」

すまなそうに言う遼介を見て、凜花はつい笑ってしまった。

「大丈夫です。こういうのって流れだから仕方ないし……」

凜花の言葉に、遼介はホッとしたように微笑む。

このやり取りで、二人の間に漂っていた緊張感が解けた。

「ダイニングの床の上でってのも、なかなかないけど悪くないね」

遼介は穏やかに言う。

彼は床の上に脚を伸ばして座り込み、上体を窓ガラスにもたせかけていた。凜花は彼の太腿の上にまたがり、向かい合う形で座っている。右腕を彼の背中に回して、自らの体を支えていた。

「そうですね。私もダイニングの床は初めてかも……」

凜花は恥じらいながら告白した。

「ここの床、石灰岩でできているんだ。サラサラしてていいだろ？」

「はい。掃除しやすいし、南国リゾートみたいですね」

とりとめのない会話をしながら、二人でキスをしたり、触り合ったりする。

「肝心なときに、左手しか動かせないとは……」

そう言いつつ遼介は、ニットの裾から手を滑り込ませ、お腹に触れてきた。仕事着のパンツとブラジャーは、あらかじめ自分で脱いでいた。なので、ニットの下は乳房が露出している。

遼介の左手がそっと乳房を掴み、柔らかさを確かめるように揉み始める。壊れ物に触るような優しいタッチに、凛花の脈が少し速まった。

ひんやりした手指の感触が、ひどく心地いい。乳房の熱が、徐々に彼の指先を温めていくのを感じる……

「あったかい」

遼介がつぶやいた。

「はい」

凛花は彼にしがみつきながら言う。

「僕の手が冷えていたことがわかるな」

「はい」

「すごく柔らかくて、好きだ」

「……は、はい」

揉み方がだんだんいやらしくなってきて、息が乱れてしまう。

親指がそろりと、胸の蕾に触れた。

「あっ……」

ひりついた微電流が、一気に下腹部まで走り抜ける。蕾はとっくに硬く尖り、コリッと親指を弾き返した。

愛でるように、親指の腹が何度も乳頭を撫で上げる。さわり、さわりと親指で乳頭を擦られるたびに、くすぐったさに体が痺れた。

「あ、ちょ、ちょっと……」

キュッと先端をつままれ、コリ、コリ、と感触を楽しむみたいに彼は乳首をもてあそんだ。強すぎる刺激に、自然と腰がピクッと浮いてしまう。はっと息を呑む。

「……出して」

遼介が甘い声で命じる。

なぜかわからないけど、彼の声に逆らうことができなかった。もしかしたら、自分でも気づかない本心のところで、彼の言いなりになりたいと思っていたのかもしれない。

左手しか使えない彼の代わりに、凛花はおずおずとニットの裾を引き上げ、両方の乳房を露出させた。上から双丘を眺めると、両方の乳首がかつて見たことないほど膨張し、充血してツンと勃っていた。そのあまりに艶めかしい光景にドキリとする。

普段は乳房の面積の割に控えめで、乳輪も小さく、色も薄い肌色だったのに。こんな風に淫猥に変貌を遂げるなんて、まるで自分の乳首じゃないみたいだ。

ちょ、ちょっと、嫌だ……こんなにやらしくなるなんて……

恥ずかしくて頬がカッと熱くなる。

「すごく綺麗だ……」

遼介はうっとりと言って、膨らんだ蕾に唇を寄せてきた。

チュッと乳頭にキスをされ、堪らない心地になる。

遼介は舌を出しながら唇を開き、胸の蕾をふわりと咥えた。濡れた舌に、敏感な乳頭が、ぬるりと包まれる。

「きゃっ……」

我慢できず、声が漏れてしまう。

湿った口腔内で、硬くなった凛花の乳頭は、入念に舐られた。ぬらぬらした舌の上で何度も転がされ、強く吸い上げられる。

「ああ……あっ……」

ピリピリした刺激が、胸の先端から下腹部のほうへ、絶え間なく送られてきた。

遼介は左乳首をしゃぶりながら、左手の指先で右乳首をいやらしくいじってくる。その触れ方が、驚くほど卑猥で罪悪感が込み上げてきた。

や、や、やっぱり私たち、こんなことしてちゃいけないんじゃ……けど、両方の乳首に与えられる甘やかな愛撫にすぐにとろけてしまって、制止の代わりに喘ぎ声しか出てこない。身を震わせつつ、頭のどこかで気づいていた。ダメだいけないという罪悪感が、ますます情欲を煽るのだと。くすぶっていた小さな炎が、強風を受けて盛大に燃え上がるように。

「あ、りょ、遼介、さん……」

舌による攻めはますます技巧的に、緻密になっていく。

凛花は彼の頭を抱え込む。指先に触れた彼の頭皮はむわっと蒸れていた。気温は少し肌寒いくらいなのに、二人とも汗だくになっている。

――ここまできたら、もう誤魔化しようがなかった。

私、遼介さんが、好き。

胸の先端に与えられる刺激に、四肢を痺れさせつつ、そう確信する。

遼介さんが好きなんだ。ううん、大好きなんだ。だから、こんなことをされても全然嫌じゃないし、もっとされてもいいって思ってる……

……いつからだろう？　私、いつから彼に恋してたんだろう？　最初に会ったとき？　室生整形外科医院に行った車の中？　それとも、ブレーカーが落ちた日の夜？

……わからない。最初はビジネスライクに接していたはずなのに。事件のことで気の毒に思って、すごいなって尊敬する瞬間もあって、一緒に過ごす穏やかな時間が癒やしになって……

いつの間にか自然と距離が縮まっていって、気づいたら引き寄せ合うようにキスしてた。

キスもすごく心地よくて。うっとりするほど優しくて、素敵だったな……

大きな音を立てて、遼介が胸から顔を離した。すると、ぶるんっと、右の乳首が揺れて外気に晒(さら)される。執拗(しつよう)に舐(ねぶ)られた乳首は、左のそれよりもひと回り大きくなったように見えた。自分の乳房がひどく猥褻(わいせつ)に映り、羞恥(しゅうち)でカッと頭に血が上(のぼ)る。

嫌だ。こ、こんなに大きくなったの、見たことない……

「……なにか、香水つけてる？」

乳首に淫靡(いんび)な仕打ちをした張本人は、胸の谷間に鼻を埋(うず)めて言った。

「つけてません」

ちゃんと声を出したつもりが、ささやき声になる。

「なんだか、ものすごくいい匂いがする……」

遼介は胸の谷間に鼻先を押し付けたまま、すぅーっと息を吸い込んだ。

「ああ、すごい、堪(たま)らない……」

うっとりした様子で遼介は目を閉じ、言葉を続ける。

「君の肌の匂いを嗅いでると、頭がおかしくなりそうだ」

「そんなこと初めて言われました」

「なんかキンモクセイみたいな……甘い匂い。すごい、誘ってるみたいな。嗅いでるうちに興奮してきて、めちゃくちゃセックスしたくなる」

彼の扇情的な言葉に、抑えきれないぐらい鼓動が乱れる。

遼介は、次に右乳首へむしゃぶりついてきた。

「あ、そっ、そっちもですか？」

凛花が咎めるように言うと、遼介は口いっぱいに乳房を含んだまま答えた。

「平等じゃないでしょ」

平等じゃないって……平等かどうかはどうでもいいってば！

ねっとりした舌が、右の乳頭を淫らに転がし始める。ぴりぴりする痺れに支配され、股の間が焦れる感覚がした。

あぅっ、ぬ、濡れて……このままだと、胸の刺激だけでイッちゃうかも……

凛花はその快感に耐えながら、愛しい人の後頭部に優しく触れた。

遼介の太腿にまたがっている凛花の素足に、彼の大きな手が触れる。その手が腰を辿って、ショーツの中に滑り込んできた。そのまま、お尻の表面をするりと撫でる。と思ったら、ショーツを太腿まで引き下ろされてしまった。利き手でもないのに、あっという間の早業で、凛花は感心するのを通り越し呆れてしまう。

「なんか、慣れてませんか？」

すると、遼介は不敵に口角を上げ、挑発的な眼差しで見上げてきた。

「慣れてるよ。もちろん」

うっわぁー……すごっ……

凛花は唖然としてしまい、返す言葉が出てこない。

同じセリフを他の男性が言ったら失笑ものだけど、遼介が言うとカッコよく決まっていた。言われた女子をもれなくドキドキさせるほどに。

彼はその傲慢ささえも美しいアクセサリーとして身に着けている。他の人だったら悪しき性質になるだろう点も、彼の場合は魅力をますます引き立てるみたいだ。

凛花はとっさに「んんっ」と、口を閉じたまま声を漏らした。

節くれだった指先が、秘所の割れ目をそろりとなぞる。

露出したお尻が外気に触れて少し寒い。遼介は左腕を凛花の背中に回し、背後から秘所に指を挿し入れてきた。

「……ぐっちゃぐちゃだ」

遼介は耳元で妖しくささやく。

凛花は秘所をまさぐられながら、眉を寄せて堪えた。

「おっぱいだけで、こんなに感じちゃった?」

遼介に笑われた気がして、恥ずかしくなる。

少し冷たい指先が、ぬるり、ぬるり、と粘液を秘裂に塗り付けていく。そのたびに、こんなに愛液を溢れさせた自分がますます恥ずかしくなった。

ど、どうしよう、こんなに濡れちゃって……けど、自分では抑えられないし……

その間も、彼の指先は小さな円を描くように、ぬるぬるといやらしく隙間を滑る。たちまち腰から力が抜けていって、ぴくぴくとお尻がわななないた。

あっ……す、すごく、気持ちイイ……

秘裂の柔らかい花びらを、指先がこしょこしょとくすぐる。

ピクンッと、凛花の四肢が跳ねる。

遼介は淫らに指を動かしつつ、じっとこちらを見上げていた。その冷静な眼差しは、まるでこちらのよがっている顔を観察しているみたいだ。凛花は首の付け根まで熱くなるのを感じた。

彼の指先が、丁寧に花びらを開いていく。二枚の花びらをぐっと押し広げられると、まるで体の奥深くまで開かれた気がした。

指先は中心部分をぬるぬるとまさぐり、隠れた小さな肉芽を探し出す。

次の瞬間、敏感すぎる肉芽を、そろり、と撫でられた。

強い刺激が背骨を走り、凛花は思わず息を呑んだ。

あっ……。ダメッ！　そこはすごく苦手で、絶対ダメ……

「あ、りょ、遼介さんごめんなさい。私、そこはダメで、あっ……あああっ……」

しかし、彼は手を止めることなく、未熟な肉芽を愛撫し続けた。ぬるぬると愛液を絡めながら、いやらしく小刻みな動きでそこを刺激してくる。

強すぎる快感に恐怖を覚えた凛花は、腰を浮かせて逃げようとした。しかし、彼の頑丈な右腕にがっちり動きを封じられてしまう。

そもそも、これまでのペッティングのせいで四肢に全然力が入らない！

にゅるっ、にゅるりと、肉芽に愛液を塗り付けられる。じんじんする小さな肉芽が、硬く尖っていくのがわかった。腰をガクガクさせながら、凛花は懸命に耐える。

コリッ、コリリッ。

指先が執拗に肉芽を押し回す。コリコリ、コリリッと、指で潰すようにいじくられた。最初、痛みに近かった痺れが、だんだんと快感に変わっていく。呼吸が荒くなり、体温も上がって、わきから一筋、汗が流れた。

未知の感覚と絶頂の予感に、凛花の背筋が震える。肉芽への刺激で、じゅわっと快感がせり上がり、じわじわと大きく膨張していった。

股の間から、水音が響く。

「あっ……あああんっ……」

凛花の声は、最後に吐息へと変わった。

遼介の指先は、うっとりしてしまうほど繊細なタッチで秘所を攻めてくる。時折、花びらや蜜口、肛門のほうまでぬるぬる刺激しながら、優しく肉芽をこね回す……
熱に浮かされつつ見下ろすと、遼介は目を閉じて指先の愛撫に集中していた。熟練のテクニックで、未熟な肉体を優しく開かせ、官能という旋律を奏でようとしているような……

さらに視線を下げれば、彼の股間のものがすでに勃ち上がっているのが見えた。スウェットを高々と押し上げ、先端が少し濡れて色が変わっている。それが凛花の体を掠めるたびに、なんとも言えない気分にさせられた。同時に、お腹の内側に微かな飢餓を感じ始める。

遼介さん。すごく、素敵……

凛花は大きく息を吸い、顎をぐっと上げた。一本に縛った長い髪が汗ばんだ背中に滑り落ちる。そのまま息を全部吐き出し、体から力を抜いて彼の紡ぎだす旋律に身を任せた。

「あああっ……あっ、んっ……」

頭の中を空っぽにして悦楽に身を任せると、自然と声が出てしまう。

指先の淫猥な動きが、より緻密に、激しく強くなっていった。肉芽がひくつき、膣は収縮を繰り返す。執拗に肉芽を攻められ、せり上がってくるものが張り詰め、お腹の内側の飢餓が深まった。

遼介さん、好き……

快感と愛情が絡まり合って高ぶっていく。彼の指になすりつけるように、自ら腰が動いてしまい、ひどく下品だと自分で思った。

いつの間にか目を開けていた遼介に眼差しで乞われ、凛花は顔を下げる。すぐに二人の唇が重なった。

ずぶりっ。

直後、彼の長い指が、膣口から深く中へ入り込んできた。

キスをしたまま、呼吸が止まる。

「んんっ……」

彼の指はずぶずぶと容赦なく入ってきて、膣の粘膜をずるりと擦る。膣内で指は激しく運動し、男性器がそうするみたいに前後に蠢いた。びちゃっと愛液が掻き出される。

同時に別の指でぐりぐりと肉芽を押し潰された。

キスもひどく濃厚で、熱い舌をねっとりと絡められる。糖度の高い口づけと、股間のいやらしい刺激に、凛花の全身は甘く痺れ、もう限界が近い。

こんなの……も、もう、ダ、ダメッ……!!

それを見計らったように、キュッと肉芽を強くつままれ、電流が脳天まで突き抜けた。

膨張しきった快感が、股間で鋭く弾ける。凛花の四肢がビクビクと痙攣した。その拍子に二人の唇が離れてしまう。

ああ……もう、めちゃくちゃ気持ちよくて、死んじゃうっ……

じゅわああっと全身が痺れ、白い悦楽の波が体のすみずみまで浸透していく……

白い大波に意識をさらわれて、凛花の記憶はそこでぷつりと途切れた。

それから三日後。凛花は非常な危機感を覚えていた。

このままだとかなりまずいかも。

現状維持がまずいのか、一線を越えるのがまずいのか、どちらかは自分でもわからない。

今日は買い出しがあったから昼食は一人で外のレストランで取った。二人の中で、買い出しのある日は書斎での作業はお休みというルールになっている。ついさっき帰ってきて、今はキッチンで夕食の準備をしていた。

時刻はちょうど十七時。遼介はたぶん書斎で原稿を書いているはずだ。こうして別行動を取っていると、ほっと安堵すると同時に少し残念な気になった。

あれから毎日、書斎で遼介と淫らな行為を続けていた。昼食を食べ終え、仕事をするという名目で書斎に入ると、たちまちキスをされて服を脱がされ、そういう流れになってしまう。

もはや二人の日課みたいになっていた。とろけるような愛撫と、ささやかれる睦言に、彼への恋心が抑えられなくなっている。けど、いわゆる挿入……セックスをしたことは、一度もない。ただ濃厚なキスをされて、体中を巧みにいじくられ、何度もイカされるだけだ。

先日なんて仰向けに押し倒されて、大きく開かされた腿の間に彼が顔を寄せてきて……

熱い舌が、ずるりと膣粘膜を擦る感触を生々しく思い出し、凛花は身震いした。

鼻を突く酸っぱいような雌の香り。自分のものとは思えない淫らな喘ぎ声。あのときの淫靡な情景がクリアに蘇る。

秘裂を縦横無尽に這い回り、溢れた蜜を吸い上げる遼介の舌。彼の端整な唇が、小さな肉芽を咥える感触。熱い舌が蜜口に潜り込む快感。すべてこの肉体が覚えていて、あっという間にショーツが濡れてきてしまう。

連日のようにいじくり回された肉芽はひと回り大きくなり、充血してひどく鋭敏になっていた。ショーツの布地とちょっと擦れるだけで、飛び上がるほどの刺激になってしまう。

濃密な前戯をしておきながら、セックスはしないなんて生殺しみたいだ。

セックスがしたい……のかも。

お腹を触るとやけに温度が高く、どこもかしこも敏感になっている。

凛花は今、かつてないほどの欲求不満に陥っていた。もともと性欲なんて皆無に等しかったのに、あちこちいじくられたせいで変なスイッチが入ってしまったらしい。これまで経験したことがないほどの圧倒的な快感や、初めての絶頂を体験させられて、狂おしいくらいの欲求が体の奥深くに渦巻いている。

相手が誰でもいいわけじゃない。そこは絶対に遼介じゃないと嫌だった。肉体と感情は密接に繋がっているのだと思い知らされる。

恋する相手であれば、どんなに卑猥なことであっても悦楽に変換されてしまう。普通の男性にそんなことをされたら、嫌悪感でいっぱいになるはずなのに。

キスしたり、乳首やあそこを愛撫されたりしている間も、彼のものは存在を主張するように怒張していた。服の上からでも、すごく硬くて大きく、雄々しい感じがする。行為の最中、彼の勃ち上がった先端は、いつもスウェットの生地の色が変わるくらい濡れていた。

彼も我慢してるんだよね？　なのに、どうして手を出してこないの？

じりじりとした思いを感じつつ、凛花はそれを彼なりの気遣いなのかもしれないと思っていた。

人気のない山奥の密室で二人きり。よくよく考えたら、自分たちを取り巻く環境はかなり特殊だ。ビジネスという垣根を取っ払ってしまったら、なにがあってもおかしくない。それは、相手が誰であっても、という意味で。

だから彼は、私に気を使って敢えて手を出してこないのかもしれない。もしかしたら彼の中では、この仕事が終わって東京に戻れば、この関係も終わりにするつもりでいるのかもしれない。

ならば、彼の気遣いはありがたいと思えた。こちらとしても未来のない関係や、先の見えない肉体関係はできれば避けたいから。

それに、彼の怪我のこともあるのかもしれない。彼は左脚を骨折しているから、いわゆる正常位ではセックスができない。というより女性が積極的に上になるような体位じゃないと無理だ……

これまで凛花はずっと受け身だった。彼に触れられることに抵抗しないし、乞われれば脚を開いたり抱きしめたりする。けれど、こちらが自主的になにかしたことは一度もない。この時点でかなり流されていると思う。かといって、こちらから積極的に行動することもできないし……

正直、彼だって「上に乗ってくれ」なんて言いづらいと思う。

そんな風にいくつかの込み入った事情があって、ＡＢＣのＢ止まり……という微妙な関係が続いていた。ドキドキして緊張して、期待と不安が入り混じって……。噴火を前にした活火山みたいに、不安定な状態だ。予兆はあるのに、互いにどうすることもできないでいる。

それに、私はただの家政婦で彼はお客さまなのだ。

社会的な立場や身分差が、なにより凛花から積極性を奪っていた。一線を越えてしまいたい衝動に駆られても、理性がストップをかける。今さらではあるが、彼は社長の甥っ子なのだ。一時的な情熱に浮かされて彼を受け入れても、もしダメになったとき、下手をしたら職まで失いかねない。

だけど同時に、彼への恋心が抑えきれないくらい大きくなっているのも事実だった。

もっと私に勇気があって、遼介さんに釣り合うような女性ならよかったのに。

たとえば、どこかの大企業に勤めるＯＬで、実家もお金持ちだったら、堂々と胸を張って彼と恋人になれたかもしれない……

凛花は切ない気持ちを抱えながら、黙々と夕食の準備を続けた。

その日の夕食後。

「えっ……入浴介助ですか？」

遼介からの依頼に、凛花は意外そうな顔で言った。

「そう。お願いできるかな？」

遼介は何気ない風を装って言う。

「別に構いませんが……」

凛花はそう言い、困惑した様子で眉をひそめた。

「あ、いや。大変ならいいんだ。無理にとは言わないから」

遼介が遠慮すると、凛花はハッとして言う。

「すみません。全然大変じゃないです。大丈夫です。ぜひやらせてください！　今夜ですか？」

「うん。できれば二十一時頃にお願いしたいんだけど……」

「二十一時ですね。かしこまりました」

そう言ってうなずいた凛花は、食事の終わった食器を片付け始める。遼介はダイニングチェアに座ったまま、そのうしろ姿を見つめた。

どうもこういうのはよくないぞと、遼介は密かに反省する。彼女に頼みごとをするときは、こちらが遠慮して引けばきっと食いついてくるだろうと予想していた。彼女は押しに弱いというより、引きに弱い。契約の交渉じゃないんだから、そんな風に彼女の心理を先読みしてこちらの有利に話を持っていくのはどうもフェアじゃない。

凛花は小さく鼻歌を歌いながら、食器を食洗機に一枚ずつ入れている。初日から変わらず、シンプルなニットにくるぶしまでのパンツという素っ気ない格好だ。しかし、エプロンをつけた姿が若妻を連想させ、つい見惚れてしまう。地味な黒いパンツの下には、つるりとした小ぶりの美しい尻があるのを、遼介はすでに知っていた。そのすべすべした手触りや、弾力も。

ドクリと、心臓が血液を力強く送り出す。

彼女の裸身が思い出される。汗できらめく白い肌、赤く色づいて硬く尖った胸の蕾。舌にまとわりつく酸っぱいような蜜の味と、彼女の乱れた息遣い。執拗に舐め回したせいで、未熟だった肉芽はかなり敏感な反応を示すようになった。指先で肉芽を優しく愛撫し、だんだん強く擦り回すと、彼女は四肢を痙攣させて絶頂を迎える。

イクときの彼女の顔は目眩がするほど色っぽかった。ほっそりした太腿が震え、中心にある花びらが美しく咲く。蜜口はいやらしくぱっくりと口を開けて、蜜が溢れて尻の割れ目まで滴り落ちている。彼女がくびれたウエストをひねると、大きく開いた膣口からのぞく薄桃色の粘膜が蠢き、ぷちゅっと微かな水音を奏でた。まるで挿入を待ち焦がれているみたいに。

遼介は、狂おしいほどの衝動を必死に堪えていた。

もう、限界が近い。というか、とっくに我慢の限界を超えている。

最初はほんの少し触れるだけのつもりだった。仕事が終われば、遼介も彼女も東京に帰り、それぞれの生活へ戻ることになる。彼女は遼介がこれまでつき合ってきた女性たちとは違って、真面目でしっかりしているし、気軽に肉体関係を持つようなタイプには見えなかった。

それがあれよあれよという間にエスカレートし、もはや後戻りできないところまできている。遼介だって、一応紳士的であろうと心がけていた。彼女が少しでも嫌がる素振りを見せれば、すぐにでも撤退するつもりでいた。それなのに……

昨日の書斎でのやり取りが脳裏をよぎる。遼介の指戯で絶頂を迎えたあと、火照った体を自ら抱えるようにして、彼女は遼介を呼びとめたのだ。

「遼介さん、あの……」

彼女の言葉はそこで途切れた。だがそのときの、彼女の縋るみたいな眼差しが、物欲しそうな唇が、遼介のまぶたに強く焼き付いている。

それが、これまでくすぶり続けてきた体の奥深くにある炎を煽り立て、ずっと保ってきた緊張の糸をブチッと切ってしまった。

遼介が彼女を欲しているように、彼女も遼介を欲しがっている。その事実に気づいてしまった。

そのときは、彼女が逃げるように部屋を立ち去ってしまったから未遂だったが、遼介の中である決意が固まった。

……今夜、彼女を抱く。

彼女は変なところで鈍感だから、気づいていないかもしれない。けど、気づかれたからどうだっていうんだ？　本当のことなんだから、堂々としていればいいじゃないか。

どうも凛花が相手だと調子が狂う。

今まで女の子を誘うときに、自分がどう思われるかなんて気にしたことはなかった。これまでどおり、彼女の肩を抱いて「さあ、行こう」とベッドへ誘えばいいだけだ。それなのに、彼女に自分の劣情が見透かされやしないか、下品に思われて嫌われるんじゃないかとビクビクしている。

彼女にはお世辞や誤魔化しが一切通用しない。そのことは直感でわかった。もし都心で彼女に会い、肩を抱いて「少し休んでいこう」と言おうものなら、穏やかに笑って肩に回した手を外されるに違いない。そうして彼女は「失礼します」と恭しく頭を下げ、確固たる足取りで去っていくだろう。彼女にはそういう凛とした、下劣なものを寄せ付けない神聖さのようなものがあった。

彼女を誘うなら下手に取り繕って嘘を吐くより、本音でぶつかったほうがいい気がした。かといって「君と死ぬほどセックスがしたい」というのはダメだ。たとえ腹の底からそう思っていたとしても、ちょっと刺激が強すぎる。

我ながら後手後手の策だったが……というか相当情けないことになっているが、どうにか今夜の約束を取り付けられて、ほっとした。

本当に彼女が相手だと、これまでの経験が通用しない。彼女の生真面目さが、仕事に対するひたむきさが、軽々しい誘いを撥ね除けてしまう。

もっと彼女に近づきたい。

もっと彼女のことを知りたいし、自分のことも知って欲しい。

彼女の被っている取りすました仮面を引きはがし、その下に渦巻く喜怒哀楽を見てみたい。

もっと泣いたり笑ったり、熱っぽい眼差しや冷めた視線を見ていたい。

求められたいし、嫉妬されたいし、なんなら噛みつかれたっていい。

彼女の見せてくれる表情なら、どんなものでもよかった。

今夜、ここ最近二人の間にずっと横たわっている、膨れ上がった欲望を満たしたい。

このときの遼介は、そのためならばどんな労苦もいとわないと思っていた。

若御門邸のバスルームは十二畳の広さがある。

床も浴槽も総ヒノキ造り。バスルームの東側は全面ガラス張りで崖下（がいか）の渓流がすぐそこに迫り、ちょっとした温泉旅館みたいな趣（おもむき）になっていた。遼介の祖父にあたる人物が好んでこのような設計にしたらしい。といっても古いのはデザインだけで、ボイラーや空調などは最新式のものにリフォームされていた。

もわもわした湯気がバスルームいっぱいに立ち込め、非常に視界が悪い。夜の二十一時過ぎ。大きな窓ガラスの向こうは完全な暗闇に閉ざされ、静寂に包まれていた。時折、凛花の微（かす）かな息遣いや、彼女が桶でスポンジをゆすぐ水音が聞こえてくる。

泡立ったスポンジが肌の上を滑る感触に、遼介は詰めていた息をそっと吐き出した。

なんかこういうの、ひさしぶりだな……

そう思いながら、遼介は一心にスポンジを滑らせている凛花をうかがう。彼女は水着みたいなスポーツブラに、デニムのホットパンツという格好だ。ボロボロにほつれたデニムの裾から、すらりと伸びた長い脚が眩（まぶ）しい。

彼女、こんなにスタイルがよかったか……？

すでに裸も見ているのに、気づかなかった。ほっそりしたウエストと控え目に凹（へこ）んだ臍（へそ）が美しく、その上にある豊満なバストは彼女の動きに合わせてゆさゆさ揺れた。ダメだと思いつつ、深く切り込んだ胸の谷間から目が離せない。彼女にしてみたら作業用の素っ気ない服装なんだろう。しかし、下手（へた）に裸でいるより、もっとずっとエロティックだった。さっきから、ブラの布地を引き上げ、デニムを引きずり下ろしたい衝動を我慢している。

しかし、彼女は悲しいほどビジネスライクだった。あらかじめ準備してあったらしいギプス用の防水プロテクターをテキパキと遼介の脚に装着し、同じように包帯を巻いた右手にも小型のものをはめる。本気で入浴介助に徹していた。感謝すべきなんだろうけど、男としての自信を失うような、そこはかとない寂しさを感じる。いや、入浴介助をしてくれと頼んだのは遼介なのだが……

彼女とはもう何度もキスをしているし、それ以上のこともしているのに、この対応はあまりに素っ気なさすぎると思う。

手と足を透明な袋に包まれ、ボクサーパンツだけを身に着けてバスチェアに座った遼介は、独り悶々（もんもん）としていた。凛花はそんな遼介の様子に気づくこともなく、懸命に背中を流している。

凛花の指先が直接皮膚に触れ、その感覚に遼介は恍惚（こうこつ）とした。体を支えたり、洗いにくいところの皮膚を引っ張ったり、時折、遼介の筋肉の弾力を確かめるようにそっと押したり。

そのたびに、くすぐったいような堪（たま）らない気分になる。

彼女に触れられるのはとても気持ちがよかった。もっと触って、もっと撫でてくれと懇（こん）

願(がん)しそうになる。こんな気持ちになるなんて、これまでに経験のないことだ。

凛花は背中を洗い終え、次は両肩と首に取り掛かる。遼介は恍惚(こうこつ)としたまま顎(あご)を上げ、洗いやすいように首を差し出した。彼女がそろりとうなじに手を添え、スポンジが優しく喉仏(のどぼとけ)を擦り、背筋がゾクゾクッとわななく。

……やばい。体を洗われてるだけで、イキそうだ……

窮屈(きゅうくつ)なボクサーパンツの中で、遼介のそれは限界まで膨れ上がり、布地を押し上げていた。

彼女、気づいているよな……？

もちろん気づいているはずだ。特に隠していないし、むしろこれだけ大きく脚を開いて座っているわけだから。しかし、彼女はどこまでも冷徹なポーカーフェイスで黙々と仕事をしていく。

股間のものを硬く強張(こわば)らせながら、じっと耐え続けた。体がどんどん熱くなり、噴き出した汗は泡とともに流れ落ちていく。自(みず)からが放つ体熱を感じつつ、バスルームでよかったと思った。こんなに大量に汗を掻いていたら、ちょっとおかしいと思われるかもしれない。

「髪、伸びましたね……」

凛花がうしろ髪を引っ張りながら、つぶやく。

「うん。切りに行くのが、面倒で」

「切りましょうか？」

「君が？　切れるの？」

「お洒落(しゃれ)には切れませんけど、それなりに」

「なんでもできるんだね。ひげも剃(そ)れるし」

「どっちもうまくはないですけど……」

「じゃあお願いするよ。別にこだわりとかないし。いっそ坊主にしたっていいんだ」

「そんなことしませんよ。じゃあ、また今度」


彼女はそう言って、クスッと笑う。

それがすごく艶(つや)っぽいと思いながら、彼女の声に聞き惚れる。彼女の声なら、四六時中いつでも聴いていられる。音源を電子データにしてもらって、夜寝る前に聴きたいぐらいだ。それとも、寝る前に声を聴かせてとせがめば、やってくれるだろうか？

そんなことを考えている間に、スポンジを持つ彼女の手が鎖骨から胸筋へと下がっていった。目の前に、少し頬を上気させた彼女の真剣な顔がくる。ほっそりした四本指が胸筋をぐっと押す快感に、息が止まった。彼女は恭(うやうや)しく膝を床につき、仰ぎ見るような格好で上半身を洗ってくれている。

それを見ているだけで、腹筋が硬く引き締まり、勃起したものにますます血が集まる。

震えるほどの欲求をどうにかやり過ごしながら、石像のように動かずにその瞬間が来るのを待った。こんなにまで激しい衝動を抱えたことは、いまだかつてない。十代の頃の、頭の中がそれでいっぱいだった時期より、もっとずっと性質が悪かった。熱いエネルギーが台風みたいに身の内に渦巻いている。

彼女はひざまずいたまま、遼介の腹筋の辺りを洗い始めた。六つに割れて隆起した凹凸に沿って、律義にスポンジを滑らせている。ここまでくれば、さすがに遼介の怒張したものは彼女の視界に入っているはずだ。

そのとき、凛花の細い手首が、男根に当たった。

「あっ………」

彼女は小さく声を漏らし、頬を赤く染めた。

その困ったような眼差しは、遼介の硬くなったものをしっかり捉えている。

「そこも……洗ってくれる？」

その言葉を聞いて、彼女はしばらく黙り込んだ。遼介は判決を待つ囚人みたいに胸をドキドキさせながら、彼女の返事を待つ。

少し、あからさますぎたか？

微かな不安を押し退け、遼介は、なかばヤケクソな気分でボクサーパンツを脱ぎ去った。ようやく窮屈な場所から解放された昂りは、天を貫く勢いで高々とそそり立つ。

彼女に拒絶されたら、そのときはそのときだ！

凛花はしばらく怒張に目を向けていたが、おもむろにそっとそれを握った。思わず腰が、ピクンとわななく。

彼女は両手で石鹸をよく泡立てると、スポンジは使わずに遼介の股間を洗い始めた。ひんやりした手指が滑る感触に、喉の奥から声が出てしまう。

やがてすべすべした手のひらが男根を温かく包み込み、ゆっくりと上下に滑った。一瞬、気が遠くなりながら、彼女の動きに合わせて腰を揺らす。一番触れてほしい先端にとびきり優しくタッチされて、それだけで果てそうになる。

「っ……はっ……」

もう完全に頭が馬鹿になっていた。泡だらけの股間にぬるま湯を掛けられたとき、もし今夜彼女とセックスできなかったら、死んでしまうと本気で思った。

「野川さん……」

無意識に懇願するような声になっていた。しかし、もはやなりふり構ってなどいられない。

「野川さん、頼む……」

「あ……。わ、私も……」

彼女は恥ずかしそうに言って、和解の握手でもするみたいに、遼介のものをそっと握った。彼女の肌の感触が心地よすぎて、体から力が抜けそうになる。

「ここだと、場所がアレなので……あそこの、背もたれがあるところに……」

そう言って、彼女はバスルームの端を指す。遼介は速やかに立ち上がり、片足で数歩先の壁際まで移動した。そして壁を背に、床に座り込む。ヒノキの床は、思ったより温かかった。

彼女は影のようについてきて、目の前でスポーツブラとデニムパンツを脱ぎ捨てる。神々しいほど美しい肢体が、照明を受けてぼんやりと白く光る。大きく膨らんだ乳房から細いウエストへの曲線は、ため息が出るほど美しかった。

彼女はしゃがみ込んで、遼介の両腿にまたがった。サイドのおくれ毛を耳にかけると、まぶたを伏せて膝立ちになる。そうして脚を大きく開き、勃起したものの先端を、自らの秘裂の割れ目にそっと押し当てた。

彼女の中心はすでにぬるぬると熱く潤んでいる。

いいですか？　と、彼女が視線で問うてきた。

遼介は、ただうなずくことしかできない。

彼女は自らの体を支えるように、右手で遼介の肩を掴み、じっと見つめてきた。遼介は息をすることも忘れて、彼女のアーモンド形をした目を見返す。その瞳はシルバーを帯びた灰色みたいな、神秘的な色をしていた。

見つめ合ったまま、彼女がじわじわと腰を落とす……

亀頭がぬるりと膣口の中へ潜り込み、濡れた肉襞を割り広げていった。

「あ……うゎっ……ああっ……」

温かいものに根元まで呑み込まれる。

自分のものじゃないみたいな声が、浴室に響いた。

硬くて熱いものが、ぐいぐい膣内に押し入ってくる。

狭隘な膣道がめりめりと押し広げられる感触に、凜花は堪らず上半身をよじった。それでも重力に任せてゆっくりと腰を落とすと、膣の中いっぱいに熱い塊が収まっていく。

「んんんっ……」

はちきれそうな充溢感に、喉が詰まった。遼介の膨らんだ熱棒は、膣腔を広げるようにみしみしと圧迫してきて、内臓が押し上げられる心地がする。凜花は両手で彼の肩を掴み、どうにかこうにか熱棒を根元まで咥え込んだ。うまく呼吸ができず、細く息を吐く。

す、すっごい……硬くて……おっきいっ……

向かい合って座っている遼介が顎を下げ、切なげに喘いだ。濡れた黒髪がはらりと額に落ち、透明な水滴が頬骨を伝い落ちる。眉をひそめた精悍な顔とその喘ぎ声が、尋常じゃなく色っぽかった。

膣内に隙間なく収まった遼介のものは、ドクン、ドクン、と力強く脈打っている。まるで彼の生命そのものが無防備に、お腹の奥へ深く入り込んできたみたいだ。彼の熱がじわじわと膣全体へ広がり、お腹が内側から温められていく。

突き出すように腰を動かしてしまったのは、無意識だった。

ずるりっ、と亀頭の膨らんだ部分がお腹の裏側を抉る。微電流がビリビリッと体を這い上がってきた。

「……んんっっ……」

唇を引き結んでいても、喉の奥から声が漏れてしまう。同時に眼前の遼介が片目を細め、なにかを堪えるみたいに顔をしかめたのが視界に入った。

……な、なんなのこれ？　どうしよう……すごく……

こんなに強い快感は経験したことがなく、この先の行為を躊躇してしまう。熟れた膣の肉襞と硬い男根の粘膜がぴったりと密着し、それが少しでも擦れると、圧倒的な快感が引き起こされるのだ。軽く恐怖を覚えるほどに。

ところが凛花の意識とは裏腹に、腰が自然と前後に動き始める。肉体はどこまでも本能に忠実で、雄を優しく射精に導こうとしていた。

視界の隅に、彼の上で規則的に揺らめく自分の影が映る。それは大蛇のようにうねり、リズミカルに動いていた。遼介の屹立に絡んで巻き付き、絞り上げるように。

前にぐっと腰を押し出すと、ぬるりと奥に彼のものが滑り込んでくる。丸い亀頭が柔らかく肉襞を押し広げる感触に、凛花は恍惚となって喘いだ。

……き、きもちいいっ……

遼介のものは確かに硬いけど、膣襞と接触する表面は柔らかい。それが膣粘膜と擦れ合い、うっとりするような快感を生んだ。

より強い摩擦を求め、貪欲に腰を動かせば、淫靡な水音が浴室の湯気を震わせる。

「の、野川さ……ん、や、ヤバイ……」

遼介は顎を上げ、悩ましげな声を絞り出す。

たくましい首にくっきりと筋が浮き上がり、突き出た喉仏に沿って汗の雫が流れるのが見えた。彼が苦しげに呼吸するたび、褐色の胸筋が大きく上下する。引き締まった腹筋が汗に濡れて鈍く光っていた。整った美貌は悩ましげにゆがみ、彼にこんな顔をさせているのが自分だと思うと、はやる鼓動が抑えきれない。

セックスのときの遼介は、寒気がするほどの色気を放っていた。力強く猛々しく、同時に目が逸らせないほど美しい。完成された肉体美と、繊細さと強靭さを兼ね備えたメンタリティ。そこに野性的な情欲が加わって、強烈な魅力を放っている。

そんな男がいれば、女なら虜になって当然だと思った。今がいつで、ここがどこで、自分が誰なのかさえも一瞬で吹き飛んで、無我夢中で彼にすべてを捧げたくなる。

熱に浮かされたように、凛花は彼の盛り上がった肩の筋肉から、下へ向かって右手を滑らせた。浮き上がった鎖骨を通りすぎ、滑らかに隆起した張りのある胸筋の上で手を止める。手のひらから力強く胸を打つ彼の鼓動が伝わってきた。

「遼介さん……」

小さな声で呼びかけると、彼の視線がすっと上がる。

鋭く熱っぽい眼差しに、心まで囚われる気がした。キューピッドの放った矢がハートに刺さるが如く、力強い視線にハートを射抜かれる。

こ、この人の視線は、どうしてこんなに……

熱い視線を絡み合わせながら、じっくりと抽送を続ける。二人の腰は結合したまま、艶めかしく前後にうねった。とてもいやらしくて、とろけるような甘美な時間だった。

彼の澄んだ瞳の奥に燃え上がる炎は、とても綺麗だ。その炎の揺らめきに目を奪われながら、お腹の奥で彼の屹立が起こす摩擦を深く味わう。凛花の腰が落ちる瞬間を狙いすましたかのように、遼介は自身を強く突き上げた。

敏感な最奥を亀頭に擦られ、思わず息を呑む。

遼介の鍛え抜かれた腰は、容赦なく何度も突き上げてきた。膣内を掻き回し、荒々しく暴れまくる。下からの怒涛の突き上げに全身を揺さぶられながら、凛花は絶えず喘ぎ声を上げた。

「ああんんっっ……!!」

みるみるうちに愛液が膣内に満ちて、遼介の昂りに絡みつき、彼の動きに合わせて掻き出される。

灼熱のように感じた熱棒も、何度も中を擦られるうちに、徐々に温度が馴染んでいく。膣腔にとろりと溜まった愛液に、熱棒がとろけていく感じがした。

「あっ、くっ、そ、そこだ。ここ……」

遼介が腰を突き上げながら、うわごとのようにつぶやく。

互いが気持ちいいポイントが同じなのかもしれない、と思った。

「はっ、はぁっ……んっ……んんっ……」

聞こえるのは、どちらのものかわからない息遣いと、愛液の飛沫の音だけだ。

互いに舌を突き出し、空中で舌と舌を絡め合った。唾液が滴る舌先を絡みつかせながら、二人して無我夢中で快感を追いかける。彼の屈強な肉体は汗まみれで、たわんだ乳房が胸筋に触れると、乳首が彼の熱い汗で濡れた。

彼は腰を突き上げるたびに、凛花の尻肉を掴んで下へ引き寄せ、膣の奥深くに潜り込もうとする。その動きがひどく卑猥(ひわい)で、途方もなく気持ちよかった。

夢中で彼の昂(たかぶ)りを奥に導きながら、だんだん快感がせり上がってくる。荒く息が乱れ、汗で肌がぬめっても、腰を振り続けた。膣粘膜がいっそう彼の熱棒に密着し、きゅうっと膣道がすぼまって、甘やかに締め上げる。

「くっ……の、野川さんっ、もうっ……」

遼介が切羽詰(せっぱつ)まった様子で訴えてくる。

「は、はい……」

必死で腰を前後させつつ、馬鹿みたいな受け答えしかできない。下腹部で膨れ上がった快感が今にもはちきれそうで、こちらももう限界だった。

射精の直前、屹立(きつりつ)がさらに奥へ滑り込んでくる。丸い亀頭が、勢いよく子宮口に押し付けられる。

茸(きのこ)のように張り出した傘の部分がずるりと膣襞を抉(えぐ)り、強い電流がビリビリッと、下腹部から脳天まで駆け抜けた。

思わず、息が止まる。

射精の瞬間、遼介は目が離せないほど色っぽかった。濡れて乱れた黒髪、切なげな表情、一瞬高く隆起する腹筋。発情の只中にいる動物的な雄の姿態が、凛花の網膜に焼き付けられる。

背筋がゾクゾクするような、美しさだった。

あ……好き……

一気に感情が昂り、肉体が開かれる心地がした。亀頭がめり込んでいる子宮口が開くような……

次の瞬間、噴出した精子が、びゅーっと中に注ぎ込まれた。

遼介の屈強な腰がビクビクと痙攣する。

その未知なる感覚に、少し驚いた。

噴き出す精子を受けとめながら、凛花も絶頂を迎える。風船みたいに張りつめたものがパァンと弾け、お腹から全身へシャンパンの泡のように広がっていった。

ふわふわと、まるで酩酊したときのように意識が遠のく。

ああ……すっごく、気持ちいい……

「あ……くっ……」

遼介はまぶたを伏せ、喉の奥から声を漏らし、射精し続けた。吐き出された精液は量も多く、射出の圧力も強い。少し温度の低い精液で、下腹部の奥がたっぷりと満ちてゆく。

凛花は、かつてないほどの充足を感じていた。

すべてがあるべき場所へ収まり、深い傷が癒えていくような……

「……好きだ」

遼介は縋るような眼差しで、凛花へそう告白する。

「私も……好きです」

二人は引き寄せ合うように唇を重ねた。精を吐き尽くした後の、穏やかなキス。

触れ合う唇は柔らかく、絡めた舌も優しい。すでに二人の唾液も粘膜も同じ温度だった。凛花は絶頂の余韻に浸りながら、満ち足りた気分でキスを返す。

決定的になにかが終わった。そんな風に感じた。

――たぶん、もう私たちは以前のようには戻れないだろう。

だけど、終わりは次の始まりでもある。

凛花は遼介のうしろ髪に指を挿し入れ、自らの胸に抱き寄せた。

浴室内は白い湯気がもうもうと立ち込め、視界がほとんどきかない。外の気温が下がってきたせいだろうか。

遼介の背中に当たっているヒノキが、噴き出た汗で少し滑る。

すごく、胸がドキドキする……

遼介はうまく息ができず、どうにか浅い呼吸を繰り返した。凛花は遼介の太腿をまたいで座り、二人は向かい合わせで見つめ合っている。

一度果てたあと、インターバルを置いて二人はふたたび愛し合っていた。硬く勃起したものが、再度ぬるりと呑み込まれた瞬間、遼介は悟った。

これは、これまでに経験したことがない、とても特別なセックスなんだ、と。

凛花の淫壺は、一度目の射精の残滓でぐちゃついていた。よく濡れて、しっとりと温かく、とろりと昂りを包み込んでくれる。まるで遼介のためにあつらえたかのように、ぴったりと吸着した。

本来あるべきところに収まったという感覚だ。セックスの際、こんなにしっくりきた経験はかつてなく、遼介は純粋に驚いていた。

どうしてだ？　おぼろげな意識で思考する。どうして、このセックスだけが特別なんだ？　どうしてさっき果てたばかりなのに、速攻で回復してまたこんなにも彼女を求めている？

性には淡泊なほうだと思ってきた。スタミナや持続力に自信はあったが、そこまで行為にのめり込めなかったと言うべきか。

これまでのセックスはどこかサービスに似ていた。女の子をうっとりさせ、気持ちよくさせ、うまく絶頂へ導いていくような。だから行為の最中も常に冷静だったし、自分のテクニックで女の子が嬌声を上げる様を、どこか優越感をもって眺めていた。

つまり遼介は、セックスで我を忘れたことが一度もなかったのだ。

それが、こんな……

一刻も早く彼女と繋がりたくて生のまま挿入し、なりふり構わず腰を突き上げ、無我夢中で中に射精してしまった。避妊のこととか、立場のこととか、将来のことか、考える余裕もなかった。

いい年をしてガツガツしてしまい、情けないし、恥ずかしい。格好よく見せたい相手にほど、醜態を晒してしまう。

男のマナーとして、避妊もせずに中出ししてしまうのは非常にまずいと、焦る。

それでも彼女の中で精を放つのは、えも言われぬ快感だった。とろりとした粘膜が吸いついてきて、にゅるにゅると締めつけられ、甘やかにしごかれる。

遼介と彼女を隔てるものはなにもなく、熟れた媚肉の脈動や蠢きを生々しく感じることができた。気がつけば、溜まった熱い精を存分に吐き尽くしていた。

彼女を野獣みたいに犯したい衝動と、抱きしめて守ってやりたい衝動がない交ぜになり、頭も体もおかしくなったように感じた。その情動がすべて彼女に向かってしまい、乱暴なセックスになった上に、いつもより達するのが早かったと思う。そんな遼介を、彼女は優しく受け入れてくれた。

下半身が深く繋がったまま、彼女のしなやかな腕が遼介の背中に回り、ぎゅっと抱きしめられたとき、心臓が破裂するかと思った。

彼女が情熱的に応えてくれて無性にうれしかった。感動してしまうほどに。

眼前の凛花は白い腿を大きく開き、遼介のものを深く咥え込んで静止している。白い腕で遼介の肩を掴み、問いかけるような眼差しをしていた。白いもやに包まれ、美しい肢体が汗で濡れて光っている。大きく膨らんだ乳房の鮮やかな朱色の先端が、ひときわ目を引いた。

ひくり。

凛花の股間に深々とめり込んだ楔が、さらに硬度を増す。思わず腰が浮きかけ、じわりと射精感が這い上がってきた。

まずい……

遼介は密かに焦る。彼女はフェロモンが強すぎるんだ。触り心地だけじゃなく、視線や声や匂いまでもが強烈に遼介の劣情を煽ってくる。それにうっかりつられると、あっという間に理性が吹き飛ばされてしまう。

「……遼介さん、大丈夫ですか？」

ささやくように凛花は言った。

「あ、ああ」

全然大丈夫じゃなかったが、それを一言で説明する言葉を知らない。

彼女は小首をかしげてじっと様子をうかがってきた。丸いアーモンド形をした目は、心配そうに揺らめいている。

ここで行為をやめさせるわけにはいかなかった。今の遼介は脚が悪いから、彼女の協力がないとセックスもまともにできない。

「……頼む」

情けないことに声が震えた。

彼女は視線を落とし、微かな吐息を漏らす。ふっくらした桃色の唇と、わずかにのぞく真っ白な歯に、目を奪われた。

遼介の肩を掴む彼女の指にグッと力が入り、胸がドキッとする。

ほっそりした腰がこちらへ、ゆらりとうねった。

咥え込まれた肉杭が根元から先端まで、にゅるにゅるとしごかれる。

「……うぐっ……」

食いしばった歯の間から、堪え切れない声が漏れてしまう。

それを合図に、彼女は淫奔に腰を揺すり始めた。くびれた腰が前後に艶めかしくうねる。

淫壺の内部は、すごく温度が熱い。

結合部から漏れる卑猥な音が、鼓膜までをも刺激する。体の奥深くから、快感がじわじわせり上がってきた。

視界が真っ白なもやに閉ざされる。眼前では女神みたいに美しい肢体が、淫らにくねっている。

いつの間に解いたのか、彼女の動きに合わせて長い黒髪が妖しく揺らめいた。

すごくいやらしい――そう思った。

とろり、と彼女の中から愛液がさらに分泌されるのを感じる。温かい粘液は遼介のものを濡らし、結合部から垂れ落ちてきた。

「……痛くないですか？」

淫靡な声が甘くささやいた。

「……ああ……大丈夫……」

恍惚としてうまく声が出せない。

周囲の白いもやがさらに濃くなった。鼻孔から入ってくる湯気が重い。強すぎる快感に頭をくらくらさせながら、どうにか意識を保つ。

彼女は腰をくねらせながら腕を回し、抱きついてきた。硬く尖った胸の蕾が、遼介の胸筋の上を、するりと滑る。

ゾクリと、甘い電流が背筋を駆け抜けた。

彼女は両方の乳房を遼介の体に押しつけ、より大きく腰をスライドさせる。ふわふわした乳房の感触と、硬い蕾に肌を擦られる刺激に、下半身の昂りがいっそう硬くなり、ぶるりと震えた。

すぐ近くに、澄んだ鉱石のような灰色の瞳がある。アーモンド形のまぶたが細まり、笑っているような表情を見せた。

胸いっぱいに甘やかな感情が込み上げる。優しい瞳に、心までとろとろに溶けていく気がする。

こうしてずっと、彼女の中に入っていたい。

「あぁ……野川さん、好きだ。好きだっ……！」

腰と太腿の筋肉にぎゅっと力を込め、下からズンッと突き上げた。さらに何度も突き上げる。

彼女は大きな乳房をぷるぷると上下に揺らしながら、恍惚とした表情でまぶたを閉じ、上半身をよじった。

「あん、んっ、ん、あっ……」

彼女の漏らす色っぽい声に、さらに煽られる。

甘酸っぱい恋慕と、どろどろした劣情が股間に集中し、遼介を本能のままに衝き動かした。無我夢中で彼女の中に肉の槍を突き立てる。結合部から愛液を飛び散らせながら、貪欲に快感を追い求めた。何度も最奥を抉り、肉体の高まりを味わう。

そのとき、彼女が優しくささやいた。

「遼介さん、好きです……」

艶のある声が、鼓膜を直接愛撫した。

意図せず、遼介の腰がぶるぶるっと痙攣する。

気づくと遼介は彼女の膣内で精を放っていた。

「……あっ……」

一度出してしまうと、もう止まらない。どろりとした熱が次々と駆け抜けていく……精を解放する途方もない悦楽に、意識が遠のいた。

「君が、好きだ……」

ようやく出せた声は、吐息に変わる。

引き寄せ合うみたいにもう一度唇を重ね、遼介は彼女の中に最後の一滴まで吐き出した。

互いのくぐもった息遣いと微かな水音が、バスルームの湯気を震わせる。

遼介は半分意識を失いながら、ようやく気づいた。

――これは決して一時的な情欲なんかじゃない。僕は彼女を愛し始めている。しかも、かつてないほど本気で。僕と彼女の関係は決定的に変わってしまった。僕たちはもう二度とかつてのような関係には戻れないだろう。

けど、それでいい。これは遼介が望んだことでもあるのだから。

そして暦は、十月の中旬に入った。

夏の名残は完全に消え失せ、耳を澄ませると冬の足音が聞こえてきそうな、ひっそりした静寂に包まれている。

遼介の怪我は順調に回復し、左足のギプスと右手指の包帯が取れた。骨は完璧に接合し、痛みも違和感も消えて元どおりになったのを感じる。

怪我が全快しても、遼介と凛花は相変わらず別荘に留まっていた。

遼介はいつしか彼女のことを「凛花」と呼ぶようになった。凛花は遼介の心の奥にある傷にそっと触れ、優しく慰撫してくれる。

遼介は日ごとに凛花への想いを深めていった。心も体も彼女にどっぷりとのめり込み、他にはなにも要らないとさえ思った。

凛花とともに過ごした時間。それは遼介に、鮮烈な印象を与えた。

業火に身を焼き尽くされるような体験。これまでせっせと築き上げてきたプライドも常識も立場も、肩書や倫理や自分らしささえもかなぐり捨て、ただ強い情欲に身を任せたくなる。

遼介たちは、時間の許す限り体を重ねた。

いったい何度彼女の中で果てたのか、覚えていないほどだ。

彼女に対しては、本来なら掛かるはずのブレーキがなに一つ機能しない。仕事もほっぽりだし、性交に耽(ふけ)るなんて、かつての理知的な遼介には考えられないことだった。

こんな生活、他人の目から見たらさぞかし下劣に映ることだろう。だが、遼介はどこまでも真剣で、必死で、死に物狂いだった。これまでのゲームみたいなセックスとは一線を画した、遼介という存在を懸けた、まさに命がけの行為だったのだ。

遼介は、セックスを通して魂(たましい)の深くまで彼女と繋(つな)がれることに、幸せを感じていた。とにかく一日中、彼女のことが頭を占めていた。彼女を奪いたくて、同時に愛おしくて守りたくて、おかしくなりそうだった。彼女の瞳も唇も肌も吐息も、髪も鎖骨も胸も匂いも、すべてが遼介を強烈に惹きつけてやまない。

ただの愛では足りず、執着なんて言葉でも済まされない、轟音(ごうおん)を立てるコントロール不能ななにかが、確かにそこにあった。

遼介は、女性には二種類いると考えていた。

一つは瀬田千里を含む、歴代の彼女たちのような女性だ。お洒落(しゃれ)で社交的で人脈が広く、ＳＮＳに綺麗な自撮りや有名人との写真を載せるタイプ。表と裏なら表側の、連れて歩いて見せびらかしたくなる女性だ。着飾った美しい女性と手を繋ぎ、流行りのフレンチレストランで食事をしてブランドショップで買い物をするのは一種、男にとってのステータスだろう。

彼女たちは遼介の権力や、整った容姿を愛した。遼介は彼女たちの若さや美貌を愛し、貪欲に自身の美やステータスを求める姿に敬意を持っていた。

彼女たちとのつき合いは、遼介もそれなりに楽しんだし、今となってはいい思い出で感謝もしている。そんな風に一人ひとりが思い出になっていって、いつかのタイミングで同じような女性と結婚でもするんだろう。そんな風に思いながら生きてきた。

凛花に出会うまでは。

もう一種類の女性とは、つまり、凛花のような女性だ。

表と裏なら裏側の、徹頭徹尾本音で接しなければならない女性。仮に建前で接してもすぐに見抜かれ、本音をズバリ言い当てられてしまうタイプだ。

凛花は、遼介の深層心理や欲望、思想や信念や欺瞞までを、まっすぐに見つめて理解してくれた。目に見えるものや世間の評価に惑わされず、マイペースで自分という軸がしっかりある。

相手の心にそっと寄り添い、傷を優しく癒やしてくれる彼女を、愛さずにはいられなかった。

凛花との満たされた毎日を過ごす中、弁護士から笠井昭彦が民事訴訟の示談の求めに応じたと聞かされた。

相手方との話し合いは順調で年内にも決着しそうだから、一度会って話がしたいという。指定された面談日は、半月後の十一月七日。弁護士が別荘の近くまで出てきてくれるらしい。

デッチ上げなのに示談もクソもないと、遼介は馬鹿馬鹿しい気分で承諾の返事をした。

礼子から紹介された弁護士は、超優秀ながら温かみというものが欠如した人間で、「真実がなんなのか」ということに一切興味を示さなかった。

彼は、こちらの損害を最小限に抑え最短で決着するもっとも効率的な方法は、示談に持ち込み、損害賠償の額を先方と交渉することだと言った。提示されている証拠をかんがみても無実を主張するのは賢明ではないと。それは、これまで相談してきた他の弁護士たちも異口同音に唱えてきたことなので、遼介もその提案に異論はない。

正直に言えば、もうなにもかもが面倒臭くなってしまったというのもある。

仮に数年後、裁判で無実が証明されたとして、それがどうだって言うんだ？　その頃には世間は遼介のことなんて忘れているだろうし、昭彦との関係が元に戻るわけじゃないのだから。

バスルームで遼介と初めて体を重ねてから、凛花たちは堰を切ったように、毎日激しく愛し合っていた。

礼子とは定期的に連絡を取り合っていたから、こうして彼と深い関係になってしまったことを、報告すべきかどうか悩んだ。けど、うまく言い出すことができなかった。社長である礼子は仕事に対してとても厳しい人だから、仮にもお客さまとそういう関係になった凛花を許さないかもしれない。

遼介は礼子の愛する甥っ子だし、彼と自分では身分が違いすぎるという引け目もあった。

つき合ってもいない相手と、将来の約束もないままセックスを繰り返すのは、常識的にいけないことなのかもしれない。

このままじゃダメだと理性が警鐘を鳴らすけど、その音は遠くて弱い。なぜなら、それ以上に凛花は遼介が大好きで、切ないほど恋焦がれてやまなかったからだ。

満たされながらも、どこか不安な日々をおくり、十月の下旬を迎えた。

気温はぐっと下がり、木々の葉は赤や黄色に衣替えし始めた。そろそろ薄手のコートかジャケットを羽織らないと寒いぐらいだ。

二人は生まれたままの姿で、遼介の部屋のベッドの上にいる。ヘッドボードに取り付けられた間接照明の淡い灯りが、黄昏時（たそがれどき）みたいな薄闇を作り出していた。

もう真夜中を過ぎた頃だろうか。時間の感覚が失われてひさしい。凛花が目を凝（こ）らして壁時計を見ると、二十三時三十三分を指していた。

「……どうした？」

すぐ目の前で、遼介が心配そうに問う。

凛花は遼介に組み敷かれていた。彼のこめかみは汗で光り、伸びかけた黒髪から垂れた雫（しずく）が凛花の頬に落ちる。

「遼介さん……わ、わたし……」

凛花はそこで言葉を失ってしまう。

……ねぇ、なんだか怖いの。

しかし、不安な感情が言葉になることはなく吐息だけが漏（も）れる。

そのとき、彼の目が不意に細められた。

直後、つるりとした亀頭が、濡れた秘裂にぐっと押し当てられ、ずるりと膣内に滑り込む。

その瞬間、息が止まる。

ずるずるずる、と熱い昂り(たかぶ)が膣奥まで擦っていき、凛花の背筋がぷるぷる震えた。下腹部が圧迫される感じに耐えかね、思わず顔をしかめてしまう。

あ……っ、さっき射精したばかりなのに、も、もうっ……

だけど体は本能に忠実で、彼の硬いものに粘膜がしっとりと吸いついていくのがわかる。蜜壺の中はさっきまでの性交で潤(うるお)っていたし、膣襞は彼の凹凸(おうとつ)と形状をよく覚えていて、ぬるりと締め付ける。

「……ぁっ……」

彼が目を閉じて色っぽく息を吐く姿に、どうしようもなく鼓動が乱れた。

じゅわっと膣襞から愛液が分泌される。毎日執拗(しつよう)に擦られたせいで、あちこちが鋭敏になっていて、ただ挿入されただけでもう達しそうだ。

亀頭の丸みが子宮口に押し当てられる感触に、お臍(へそ)の下がきゅんとなる。

ずるりっ、と彼が一息に腰を引く。

粘膜が擦れ合い、ピリピリッと快感が弾けた。

「あぅうっ……!!」

イキそうになり、四肢にぐっと力が入ってしまう。

すると、間髪容れずに彼の腰がぐいっと押し出された。狭くすぼまった膣道の中を、勢いよく熱杭が滑る。

「あああんっっ……」

自分でも聞いたことのない嬌声が、凛花の口から漏れた。

んん、すっごい、ヒリヒリするっ……

「……すごく、いい……ごめん、我慢できない」

遼介はうわごとのようにつぶやく。

彼は両手を凛花の顔の横につき、シーツをぎゅっと握りしめた。太い上腕二頭筋が、ぐぐっと盛り上がる。彼は上体を前傾させて、凛花の顔を見つめたまま頑丈な腰をバネのように使い、荒々しく抜き差しし始めた。

鋼鉄のような熱棒が、雄々しく滑る。

「あっ、あっ、ああっ、あああんっ、りょ、りょうすけさっ……」

体が激しく上下に揺さぶられ、声が続かない。

彼の律動に合わせて、自分の乳房が大きく弾むのを感じた。

ベッドのスプリングが乱暴に軋むたび、どんどんマットレスがずれていく。

硬い肉の槍が滑り込んできて膣奥を抉り、粘液を絡めながら引き抜かれる。

結合部から大量の愛液が音を立てて掻き出された。そのたびに、甘い痺れが四肢に広がる。

容赦なく叩きつけられる、屈強な腰。褐色の肌に包まれた腹筋や胸筋が高く隆起し、噴き出した汗の雫がパラパラと降ってくる。彼は一流のアスリートのように全身の筋肉をしならせ、いやらしく腰を動かし続けた。

「あああんっ、イ、イクッ……！」

息が止まり、四肢がググッと強張る。下腹部の奥で張りつめていたものが、一気に弾けた。

「あっ……あああ……」

意識が遠のき、快感の泡がしゅわしゅわとお腹から広がっていく……

おぼろげな意識の中、彼の動きが止まるのがわかった。さざ波がゆっくりと引いていくように、白い悦楽の波をたゆたう。全身がじんわりと痺れ、膣がピクピクと痙攣した。

「……大丈夫？」

甘い声が鼓膜を撫でる。返事の代わりに、熱いため息が漏れた。

ああ、すごくきもちいい……このままでいたい……

ひく、ひくり。

絶頂の余韻でお腹の奥がひくつく。彼に髪を撫でられ、お腹を撫でられ、最高の気分だった。大好きな飼い主に可愛がられている猫みたいに、うっとりと目を閉じる。

しかし、まだ終わっていなかった。

彼のものはまだ硬く、ゆっくりと抽送が再開される。

亀頭の凹凸で膣襞を擦られ、凛花ははっと息を呑んだ。

「ごめん。僕はまだ……」

遼介が謝りながら、本格的に腰を振り始めた。

「あ、ちょ、ちょっと、ああっ……んっ……」

絶頂の直後で敏感になった粘膜に、容赦なく熱杭が擦りつけられる。たちまち愛液がじゅわっと溢れ、耐えがたい快感に腰が震えた。

ガタガタと上下に揺さぶられ、目眩がしそうで横を向く。すると、壁に貼られた大きな鏡が目に入る。そこには、絡み合う二人の痴態が映っていた。遼介のたくましい腰の筋や尻の筋肉が浮き出て、背中の筋肉も隆起しているのがはっきり見える。結合して律動する二人の動きと、絡み合った褐色の肌と白い肌のコントラストが、直視できないほど猥褻だった。

同時に、息が止まるほど美しいと思った。

怒涛の勢いで腰を叩きつけられ、肉の槍で最奥を穿たれる。そのたびに、腹部から背骨へ稲妻が走った。

「ああ、あっ……す、すごっ、ふぅっ、深いっ……!!」

追い立てられ、ふたたび下腹部の快感がせり上がってくる……

「はっ、はあっ、はぁっ……」

遼介はフルマラソンでも走っているように、苦しげに息を荒らげる。

見下ろしてくる彼のまっすぐな視線が、焼けつくほど熱い。まるで凛々しい瞳の奥で業火が燃え盛っているみたいだ。目を離すことができないまま、揺さぶられ続ける。

彼は精悍な顔をゆがめ、絞り出すみたいに告げた。

「……凛花、好きだ」

真剣な眼差しに、はっと胸を衝かれる。

瞬間的に、狂おしいほどの愛おしさが込み上げた。

自分はどうしようもなく彼に恋をしているんだと思い知る。

遼介さん、私も好き。大好きです……！

引き合うように唇が重なる。

体の奥深くに彼のものを受け入れ、舌を絡ませながら、全身全霊をかけて愛を伝えようとした。

彼とはこの先どうなるかわからない。そもそも住む世界が違うし、なんの約束も保証もない。だけど、今だけ……今、この瞬間だけ、自分のすべてを賭して彼を愛したい。

唇が離れると同時に、ずるずるっと熱棒が引き抜かれ、溢れた愛液がシーツにこぼれ落ちる。彼のいない膣の内部がひどく寒く感じた。

「あっ……」

すぐに遼介に腕を引かれ、うつ伏せにさせられる。濡れた熱棒がお尻を割って入ろうとしてきたので、自ら尻を上げて四つん這いになった。

外気に触れて冷えた男根が、ずぶずぶずぶっ……とゆっくり入ってくる。

「あ、ああぅ……」

彼のものが根元まで収まり、尻にふわふわした陰毛を感じた。

彼のものは硬くて太くて、みぞおちまでせり上がってくるみたいな気がする。凛花は猫が背伸びするような格好で、彼を深く受け入れながら浅い呼吸を繰り返した。

次の瞬間、両方の尻肉を鷲掴みにされたかと思ったら、息もできないほど強く突き上げられる。とっさに漏れ出た嬌声が室内に響いた。

鍛え抜かれた彼の肉体が、怒涛のラストスパートをかける。

発達した筋肉が躍動し、愛液の飛沫が散った。

「あっ、あっ……あぅっ、ああっ」

いつもとは違うポイントを強く擦られ、快感が腹部から喉へと駆け抜ける。背を反らしヘッドボードを掴んで、うしろからの激しい衝撃に耐えた。

「きゃっ、あっ、りょ、りょうすけ、さっ、もう、ダ、ダメッ……だめぇっ……！」

ずるずるずるっと、太い熱棒が最奥まで滑り込んできて、思わず息が止まる。

絶頂の直前、遼介は覆いかぶさってきた。たくましい体に背中が覆われ、引き締まった腹筋が腰に押し当てられる。

背中で感じる彼の肌は驚くほど熱く、どくどくと脈打つ鼓動がダイレクトに届く。触れ合う肌は大量の汗で濡れていた。

遼介は手を滑らせながら、凛花のお尻をぐっと引き寄せる。

そのまま、体をぴったりと密着させていると、彼の筋肉の蠕動が生々しく感じられた。彼の腹筋がググッと硬く引き締まり、全身の筋肉に力が込められる。まるで弓につがえた矢をギリギリと引き絞るように。

その張り詰めた筋肉の蠢きがいやらしく、胸がドキドキした。

次の瞬間。

中にいる彼のものがびくりと震えた。

子宮口に押し当てられた亀頭の先端から、熱い白濁が噴き出す。その勢いに、思わず息を呑んだ。

「あっ……」

同時に、凛花もオーガズムを迎えた。股間の周りで張りつめたものが破裂し、快感でひくひくと痙攣する……

弛緩と収縮を繰り返しながら、甘い痺れが体全体を巡っていった。朦朧とする意識に炭酸みたいな泡が弾け、快感の波にさらわれていく……

弾けた快感と彼の吐き出した精液が、甘く溶け合っていった。

「ああ……」

耳元で彼が小さく漏らした吐息が色っぽくて、胸を掻きむしりたくなった。

彼は酸素を求めて荒い呼吸を繰り返し、精をすべて吐き尽くしていく。

おぼろげな意識の中、凜花は遠く「離したくない」というつぶやきを聞いた気がした。

「もうすぐ十一月だな」

遼介は仰向けに体を横たえながら、独り言のつもりでつぶやいた。

「そうですね」

遼介の腕枕に頭を委ねていた凜花が答える。

凜花、起きてたのか……

そう思いながら遼介は、天井にある正方形のライトをぼんやり眺めた。

激しい情事のあとの気怠さと充足感が体に満ちている。汗で濡れたシーツは少し冷たく、体に回された彼女の腕もひんやりしていた。

ようやく呼吸や鼓動も落ち着き、水の底から空中へ浮上した気分だ。二人してぐったりとベッドに裸体を横たえ、薄明かりの中まったりとした時間が流れていた。

そろそろ今後のことも考えないとな……

本音では、凛花と二人このままここに閉じこもり、本能の赴くままずっと愛し合っていたい。

精も根も尽きてこの身が朽ち果てるまで、彼女と繋がっていられたらどんなにいいだろう？

だが、そうも言っていられない。

怪我も完治したし、いくつか原稿の依頼も受けた。弁護士との打ち合わせの予定もあるし、いつかは東京に戻らなければならない。

もう少しあと少しとダラダラ引き延ばしている内に、十月の終わりまできてしまった。

東京に戻っても、同じように凛花と一緒にいるには、どうすればいいだろう？

今の自分にとって、重要なのはそこだった。

東京に戻ったら最後、遼介は激務に身を投じることになる。仕事を完璧にこなしながら、なおかつ彼女と一緒に過ごす時間を確保したい。そのためにはどうすればいいのかと、頭を巡らせた。

　そもそも、凛花は僕とのことをどう思っているんだろう？

　彼女はあまり自分の感情を表に出さない。セックスのときは思いきり情熱的に応えてくれるけど、自分の感情を言葉にするのはまれだ。

「そろそろ東京に戻ることを考えないとな」

　遼介はそれとなく水を向けてみる。

「そうですね」

　凛花はそれ以上なにも言わない。

　君は僕との未来をどう思っている？

　ずばり聞いてみたかったが、うまく言葉にならなかった。こんなことを言ったら、女々しい男だと思われてしまいそうで怖い。

「マネージャーさんの件は、もう大丈夫なんですか？」

　彼女がおずおずと聞いてきた。

「マネージャー？」

「親友だったって言ってたから、ちょっと気になってて。遼介さんはもう大丈夫、平気だって言うけど、本当はそうじゃないんじゃないかって気がして……」

　ああ、笠井昭彦のことか。

　遼介は他人事のように思い出した。凛花には、彼とのことについて詳しく話していた。

しかし聞かれるまですっかり忘れていたし、心の底からどうでもよかった。今となっては彼女との関係のほうが重要な気がする。

「自分でも驚くぐらい平気だよ。むしろ、ひれ伏して彼に感謝したいくらいだ。だって、あの事件がなければ、ここへ来ることもなかったし、君に出会うこともなかったんだから」

「でも……」

「今、すごく幸せなんだ。これまでにないほど満ち足りてる感じがする。こんな感覚、生まれてから一度も経験したことがない」

遼介は自分の今の気持ちを正直に述べた。

「冗談抜きで昭彦に感謝してるんだ。感謝状を贈ってやりたいぐらいだよ」

「贈られたら、びっくりするでしょうね」

彼女はおかしそうに微笑む。

「そうだな。それぐらいの嫌がらせは許されるだろう。僕の仕返しなんて可愛いものだろ?」

遼介は彼女と顔を見合わせ、微笑み合った。

「……本当に、事件のことはもういいんですか?」

不意に彼女が真顔で尋ねてくる。

やっぱり彼女には、心の底まで見透かされるような気がする。

それを実感しながら、遼介は昭彦との学生時代を思い返した。

サーフボードを抱えて走ったロングビーチ、二人でナンパに行ったミネアポリスのナイトクラブ、汚いフラットでテキーラをショットで呷りながら、政治経済に法律や歴史、戦争や宗教や神話、さらにはセックスから宇宙の話まで、なんでも話した。

今の遼介なら、青臭いクソガキの戯言だと一笑に付すだろう。イキがっているだけで現実を知らない、愚か者だと。

だけどその恥ずかしいほど滑稽で、馬鹿みたいな青臭さが、最高に楽しかったのだ。

誰かを失うというのは、自分の過去を失うことと同義だ。

昭彦と過ごした時間は、遼介の中で深く根を張り、遼介という人格を形成している。

それを無理矢理引きちぎられれば、少なくない衝撃に見舞われる。見えないところで血を流し、あの輝かしく楽しい時間はもう二度と戻らないことを悟るのだ。

それをはっきり自覚し、不意に胸が詰まる。

言葉を失い、ただ彼女の美しい瞳を見つめた。

「遼介さん、その人のこと……すごく好きだったんですね」

そうだよ。

けれど言葉がうまく口に出せない。ふと熱いものが込み上げてきて、そんな自分に驚く。

すると彼女は、おもむろに腕を伸ばして遼介の頭を抱きしめた。

柔(やわ)らかい乳房の間に遼介の鼻先が埋まり、彼女がよしよしと優しく頭を撫でてくれる。

遼介は静かに呼吸し、そのままじっとしていた。

――悪いニュースとよいニュースは、必ずや背中合わせでやってくる。

ふと室生医師の言葉が思い出された。

それは、なにかを失えば代償になにかを得るということなんだろうか？　昭彦との決別が、凛花との出会いを呼んだように。

血を吐くような思いで長らく大切にしてきたものを手放し、代わりに温かくて優しいものを得た。

この先何度も、そんな苦しい思いをしてなにかを失い、新しいものを得るんだろうか？

「昭彦のことを、嫌いになったわけじゃない」

ぽつりと遼介は言った。

「はい」

彼女は答える。

「本当のところ、昭彦に怒ってもいないんだ」

彼女の温かな胸に抱かれつつ、頭の上から聞こえるしとやかな声に耳を澄ませた。

「はい」

「……けど、もう会わないよ」

「はい。遼介さんがそう決めたのなら……それでいいんだと思います」

いろんな感情がない交ぜになって、大波のように押し寄せる。

同時に、うれしかった。昭彦を罵らない彼女が。

今回の事件は、単純な善悪構造で語れることでは絶対にない。

まして当事者でない者には。

遼介は今でもどこかで昭彦を大切に思っていて、そのことを凛花はちゃんとわかってくれていた。それがうれしくて、すごくありがたかった。言葉にならないぐらいに。

「……ありがとう」

情けないことに、少し涙声になる。

彼女はなにも言わず、ただ黙って遼介の髪を撫でてくれた。

――凛花だけだ。僕のことを理解してくれるのは。僕の存在を奥底まで理解し、僕の孤独に寄り添い、僕の傷を癒やしてくれるのは。

遼介にとって凛花は唯一無二の存在で、この先、彼女ほどの女性に出会うことはないだろう。

そう、はっきり確信した。

「僕はたぶん、君のことを愛しているんだと思う」

そう言うと、彼女はクスッと笑って口を開いた。

「どうしてそんな他人事みたいに言うんですか？」

「たぶん、傷つきたくないから、保険をかけてるんだ」

「他人事っぽく言うことが？」

「そう。あと、少し恥ずかしくて。真剣に言うのが」

「はい」

「それと、弱々しく見せて君の同情を買いたいんだ」

それを聞くと、彼女はふふふっと笑った。

すごく可愛い笑い声だ。聞いているだけで幸せな気分になる。

「それ、全部言っちゃっていいんですか？　私に」

「いいんだ。僕が正直者だと、君の僕に対する評価が上がるはずだから」

その言葉に彼女は声を立てて笑った。遼介も同じように声を上げて笑う。

遼介は目に涙をにじませながら笑っていた。おかしかったし、哀しかったのだ。

失ったものへの追悼と、得たものへの愛情が混じり合って……

遼介は、彼女の前では心も体も丸裸になっていた。すべてをさらけ出し、二人の距離はかってないほど近接していた。心の距離も、体の距離も、人同士が近づける極限のラインまで。

数十億人もの人がいるこの星で、たった一人の女性とそうなれたのは、奇跡だと思う。

だけどこのときの遼介は、本当の意味でその重要性に気づいていなかった。

この奇跡が当たり前のようにずっと続くと、信じていた。

◇◇◇

凛花がそのメールを見つけたのは、十一月に入ってすぐの朝だった。

遼介は今日、原稿を書くために調べたいことがあると、ふもとの集落にある図書館に車で出掛けていた。ひさしぶりに独りの時間を得た凛花は、このところ滞（とどこお）りがちだったメールの仕分け作業をするため、パソコンを立ち上げたのだ。

差出人：瀬田千里
日　付：10／28
件　名：ずっと心配してます
うちのパパが優秀な弁護士を探してくれました。

遼介のことを話したら直接会いたいと言っています。

詳しいプロフィールは添付資料を見てください。

私も微力ながらネット上で遼介の無実を訴えています。

遼介を信じてます。あなたの力になりたいです。


メールの最後にあるURLを、気づけば凛花はクリックしていた。

それは瀬田千里のフォトネットリンクのページだった。フォトネットリンクとは二十代から三十代に人気のSNSで、フレンドと呼ばれる知り合いと繋がって写真や記事を投稿し合ったり、メッセージのやり取りをしたりすることができる。凛花も記事の投稿はしないもののアカウントだけは持っていた。

千里のトップページに固定されている記事には次のように書かれている。

『無実のタレントを犯罪者扱いする、卑劣な匿名集団に告ぐ!』

力強いフレーズにドキッとした。

記事は若御門遼介の暴行は冤罪だと訴えていた。そして、笠井昭彦の頬の痣は自作自演であること。証拠の音声データは別の場所で録音されたものであること。関係者の証言はすべて虚偽であること。笠井昭彦は遼介に深い恨みを抱いていたこと。すべては巧妙に仕組まれた罠であったこと。最後に、ネットで遼介を誹謗中傷する人たちに向け、今すぐやめるように訴えている。

言葉足らずだったり信憑性に乏しい部分があったりするものの、千里の真剣な想いが充分過ぎるほど伝わってきた。記事を読んだ凛花も心が動かされるほどに。

この記事に対するコメント欄は賛否両論入り乱れ、大勢の人々が議論に参加していた。パッと見た感じでは千里に異を唱える者が多いけど、遼介の冤罪事件に一石を投じたのは間違いない。

千里さん、すごいな……

凛花は素直に感心してしまった。有名モデルという肩書のある身で、事件の渦中にいる人を擁護するのは相当な勇気が要るに違いない。非難の矛先が自分に向くかもしれないからだ。案の定、千里はコメント欄で匿名の人々から「犯罪者を庇う奴も同罪」とバッシングされていた。自らの危険を顧みず遼介のためにここまでするなんて、千里の彼への愛情は本物のように思える。

それに比べて自分はどうだろう？

千里みたいに弁護士の知り合いもいないし、知名度のない凛花がネットで冤罪を訴えたって、誰にも見向きもされないだろう。自分は今の彼を助ける具体的な手段をなに一つ持っていないのだ。

凛花が遼介のためにできることは、いくつかある。料理を作ったり洗濯したり、身の回りを綺麗に掃除してあげること。しかし、それらはなんら特別なことではない。家政婦じゃなくても誰でもできることだし、それが遼介を救うかと問われれば違うと思う。

——そう考えると、私って無力で役立たずなんだな。

突きつけられた現実に、胃の下のほうがズゥンと重くなっていく。見て見ぬふりをしていた遼介との社会的立場の違い、身分の差がはっきりと形を取ってぐいぐい迫ってくる気がした。

「あなたの力になりたい」という言葉どおり、千里は現実的な方法で遼介の力になろうとしている。

凛花だって遼介の力になりたい。だけど、口だけで実力が伴わなかった。地位も財産も名声もない凛花が世の中に与えられる影響はあまりにも少ない。

私なんかより千里さんのほうが遥かに遼介さんの役に立てるんだ……

胃の重みが少しずつ苦しくなってくる。どす黒い感情がゆっくりと鎌首をもたげ、じわじわと体の中を侵食していく……

千里はさすが人気モデルだけあり、フレンドの数は二十万人を超えている。プロフィールには綺麗にメークをした千里の顔写真が貼られていた。ヘッダーの写真は、スタイル抜群の千里が水着姿でポーズを決めている。ビキニからほっそりした太腿がすらりと伸び、同性の凛花から見てもドキドキするほどセクシーだ。きっと男性なら誰でも魅了されてしまうに違いないと思えた。

胃の底を這い回る黒い感情が焼けつくように熱くなる。美しい千里を前にすると、自分がひどく不格好で不細工な女に思えた。そういえば、最近服も全然買ってない。メークもほとんどしていないし、すっぴんのまま平気で彼の前をうろついていた。

遼介さんはこのメールを見てどう思うだろう？　こんなに綺麗でセクシーな彼女とすっぴんで不格好な私を比べて、幻滅したりしない？　それに……彼女はなぜこんなに、彼の人間関係について詳しいの？

まさか、本当はまだ連絡を取り合っているとか……？

そうではないと、頭ではわかっていた。彼女と別れたという遼介の言葉に嘘はないはずだから。

たぶん千里はなんらかの人脈を使って、遼介の周辺を調べたんだろう。

だけど、仮に二人がまだ繋がっていたとしても、それに対して文句を言える立場じゃないのだ。はっきり恋人と言われたわけじゃないし、彼となにか約束をしたわけじゃない。

私は彼のなんなんだろう？　私は本当に彼の恋人なの？

どろどろしたマグマに内臓を焼かれる気がして、とっさに胸を押さえる。動けなくなるほどの無力感と千里に対する嫉妬で息苦しくなり、顔をしかめた。

こんな感情、知らない。

誰かのことをこれほど妬ましく思った経験はない。

千里はなにも悪いことはしていないのに……。

遼介に恋をしてから、どんどん自分が自分じゃなくなっていく。

これまでの凛花は、他人に干渉することにどこか躊躇があった。それが、どれだけその人のためになり、どんなに正しいことだったとしてもだ。もし誰かの領域に土足で踏み込めば、いつかその人を致命的に傷つけることになる。そんな風に思いながら生きてきた。

だから、遼介に対してもどこか踏み込まないようにしていた部分がある。冤罪にまつわることは彼の問題であり、凛花の問題じゃない。「助けて」とはっきり乞われたときを除いて、自分は口を出すべきじゃないと思っていた。

だけど、千里を見ると自信がなくなってくる。凛花ももっと踏み込むべきだったのかもしれない。彼を助けるために、なりふり構わず行動すべきだったのかもしれない。たとえそれが、なんの役に立たなかったとしても。

二人が仲睦まじい様子で微笑み合っているイメージが脳裏をよぎる。育ちがよくて知名度も高く、タレントとモデルという社会的な立場も似ている二人は、とてもお似合いのカップルに思えた。

私じゃ遼介さんの役に立たない。

遼介さんにふさわしいのは、千里さんのほうなのかもしれない。

すべての気力を奪うほどの暗い予感に囚われ、しばらく身動きもできなかった。

夕方になって、ふもとの集落から遼介が帰ってきた。

今日の夕飯はひさしぶりに凛花の手料理だ。ここのところ時間があれば激しく愛し合っていたため、食事を冷凍食品やレトルトで済ますことが多かった。それもあり、遼介は手料理をいたく喜んでくれ、夕食は非常に楽しいひとときとなった。

ここへ来てしばらくした頃の食事の時間を思い出し、凛花は懐かしい気分になる。つい先日の話なのに、もう何年も前のことのように思えた。

瀬田千里からきたメールの話は遼介に言えなかった。

馬鹿みたいだと思う。どうせときが来たら彼はメールを読むのだ。だけど、自分の中のどろどろしたものがまだ処理しきれず、口にしたが最後、とんでもないことを口走りそうで言うことができなかった。

食後に二人でワインを飲みながら、穏やかな時間が流れている。今はこの二人だけの甘い時間を壊したくなかった。

「そうだ。弁護士から連絡があって、示談が成立しそうなんだ」

遼介はワイングラスを傾けながら言った。

弁護士という単語が千里からのメールを想起させ、ドキッとしてしまう。

「そうなんですか。よかったですね……」

示談の成立がよいことなのかどうかわからないまま答えた。

「ああ。……僕としては、これでよかったと思ってる」

遼介は凛花の心中を見透かしたように断言し、さらに言う。

「この事件のおかげで、世間にどう評価されるかということに興味がなくなったんだ。僕が大切に思っている人に信頼されていれば、それで充分だってね。世間の評価なんていうモヤモヤした実体のないものを気にしたって幸せになれないし、僕が実現したいこととはなにも関係がない。そういう大切なことに気づけたんだ。不特定多数の誰かが僕を叩きたければ、好きにすればいい。心からそう思えるようになった」

「そんな……」

「前も言ったけど、この事件は起きるべくして起きたし、今では本当によかったと思ってる。これまで見えていなかった暴力の本質のようなものがはっきり見えたし、それによって僕もすごく成長できた。それに、昭彦に対するちょっとした罪悪感もある」

「罪悪感、ですか？」

「そう。奴にそこまで深く恨まれていることに、なにも気づけなかった僕自身の不甲斐なさだよ。きっと僕には死角があったんだろう」

「そんなことないです。そんな風に考える遼介さんは素晴らしいですけど、自分を責める必要はないと思います」

「どうもありがとう。君にそんな風に言われると、ちょっと救われる」

遼介はふっと優しく微笑んだ。

そうは言うものの、彼だって名誉を損なわれて傷ついていることに変わりはないのだ。世間の評価なんて気にしないと言うけれど、世間の誤解が解ければそれに越したことはないはずだ。

今回の件で大勢のファンや支援者が彼の下を去った。その人たちが戻ってきてくれれば、彼だってうれしいに違いないのだから。

そのために、千里さんは世間に働きかけている。でも、私にできることはなにもない……

ワインを舐めながら、また力が奪われてゆくような感覚に囚われる。

「それで、今後について近々弁護士に会うことになっているんだ」

凛花はギクッとして、とっさにこう聞いていた。

「弁護士って、社長に紹介してもらった方ですよね？」

「うん。そうだけど……」

遼介はキョトンとしたあと、不思議そうに問う。

「それ以外に誰かいたっけ？」

「いえ、変なこと言ってすみません。なんでもないです」

凛花は内心の動揺を隠し、気持ちを落ち着ける。

「ふーん……」

遼介は数秒、怪訝そうに凛花を見つめた。そして、気を取り直したように話を続ける。

「とにかく、その弁護士と面談なんだ。来週の七日なんだけど彼が近くまで出てきてくれるそうだから、そこで落ち合おうと思う。日帰りするつもりだけど、朝は早いし戻りはかなり遅くなる」

「わかりました。気をつけていってきてくださいね」

そう言いながらも、胸の内の不安は大きくなるばかりだ。

少しずつ止まっていた時間が動き出そうとしている。ここでの長い夢のような時間がゆっくりと終焉に向かっていくような……

千里からのメールには優秀な弁護士を紹介するとあった。彼はその申し出を受け入れるのだろうか？　そうだとしたら、二人はまた会うことになるかもしれない。

どうしても彼女と自分を比べてしまう。自分はひどく不格好で無力で、彼のためになんの助力もできない。そのことがどうしようもなく切なくて、辛かった。

私がもっと美しくて頭がよくて、自信があればよかったのに。生活の心配もないぐらいお金持ちで、誇りにできる肩書もあって、遼介さんの隣に自信満々で立つことができたなら……

不意に泣き出したいような衝動に駆られ、凛花はうつむいて目を閉じた。

遼介が弁護士と面談をする十一月七日がやってきた。

遼介は予告どおり早朝から出掛けていった。凛花はサンドウィッチを作り、ホットコーヒーを水筒に入れ、遼介に持たせた。

その日は感動してしまうほどの快晴で、朝から溜まった洗濯物を無心になって片付ける。庭先で竿に吊るされた大量の洗濯物が陽光を浴びてはためいているのを見ると、清々(すがすが)しい気分になった。

千里からのメールを受信してから数日。遼介はそのメールに目を通したらしかった。しかし、彼はその件には一切言及しなかった。凛花が次にパソコンを開けてみたときには、メールは削除されていた。

彼はあのメールを読んでどう感じたんだろう？　迷惑に思った？　それとも、うれしい気持ちになった？

掃除をしながら、ついあれこれ考えてしまう。千里のメールが棘みたいにずっと胸に刺さったまま、抜くことができないでいた。

自分が遼介にとってなんなのか今一つはっきりしないせいで、遼介のことも自分のこともうまく信じることができない。自分たちの間に愛があるのは間違いない。ならばなおさら約束が欲しいと思ってしまうのは、贅沢だろうか？

遼介に直接聞けばいいのはわかっている。「私はあなたにとってのなんなんですか？」と言うだけだ。けど、答えを聞くのが怖い気がした。そんな質問をすること自体が、弱くて依存体質の女だと呆れられそうだし、千里のことを聞けば嫉妬深くて図々しい女だと思われるかもしれない。

まぁ、実際弱くて依存体質で嫉妬深い女であることは間違いないんだけど……

遼介が今日会いに行っている弁護士は、礼子が見つけてきた弁護士だ。

でも、千里さんのメールにあった弁護士の件はどうするんだろう？　彼はその申し出を無視するつもりなのかな？　それとも――

凛花は嫌な予感を吹き飛ばすように思いっきり伸びをしたあと、その場で簡単なストレッチ体操をした。

彼のことは信じてる。それに、たぶん千里に会いにいくなら、彼ははっきりそう言うだろう。嘘を吐いたり、こそこそしたりはしない人だ。

つまり、問題があるのは自分自身だ。千里が気になるのも、こんなに不安になるのも、すべては自分に自信がないから。そうだとわかっていても、じゃあ自信を持ちなさいと言われて、はいそうですかとすんなり持てるわけじゃない。

彼と出会う前は少しは自信があったし、自分のことも好きだった。

貧乏だし彼氏もいないし肩書もなかったけど、家政婦の仕事はやり甲斐もあったし、社長やお客さまから少しずつ信頼も得て、自分だってなかなか悪くないぞと思っていた。

そうしたすべてが、ここへ来て音を立てて崩れ去っていくようだ。こんなに自分の情けなさを痛感する羽目になるなんて……

ピンポーン。

そのとき、インターホンの音がフロア中に鳴り響いた。掃除機を止めて顔を上げると、さらにもう一度鳴り響く。

えっ？　まさか遼介さん？

時計を見ると、まだ十五時過ぎだ。かなり遅くなると言ってたけど、予定が変わって早く帰ってきたんだろうか？　凛花はエプロンをつけたまま急ぎ足で玄関ホールに向かった。

しかし、玄関に現れたのはサングラスを掛けた若い女性だった。

派手な赤いニットの上に、つるりとした質感のベージュのコートを着込み、ハイウエストのタイトスカートを穿いている。手にはフェイクファーに覆われたバッグを持ち、頭に被った黒いキャスケットはすごくお洒落だった。

ひと目で瀬田千里だとわかった。

この山奥のド田舎を背景に、千里は明らかに浮いている。スタイリッシュな格好とともに放たれるオーラが強烈すぎるからだ。かつて、これとまったく同じ感想を抱いたことがある。初めて室生整形外科医院へ行ったとき、駐車場を歩いてくる遼介を見ながら同じことを思った。

凛花が絶句していると、千里のほうも驚いた顔でしばらく呆然とこちらを見ていた。やがて千里はサングラスを取り、凛花の頭のてっぺんから足の先までじろじろ眺め回す。彼女の瞳の色は、遼介と同じ澄んだブラウンだった。

「あなた、誰?」

千里は泥棒でも見るような目つきで言う。

凛花はとっさに答えようとし、言葉に詰まった。

私は、遼介さんにとってのなんなんだろう?

ここ数週間、ずっと煩わされていた疑問が目の前に立ちはだかる。本当に恋人なの？彼女だと名乗っていいの？　だけど、確たる約束を彼と交わしたわけじゃない。ここで仮に彼女だと名乗ったとして、そのことを証明するものはなにもないのだ。

凛花はさんざん逡巡したあと、どうにか答えた。

「あ……あの、その、家政婦です」

千里は一瞬、虚を衝かれたような顔をする。しかしすぐに、なにかに勘づいたのか意地悪そうに口角を上げた。

「そっかそっか、家政婦さんなんだ。遼介、いる？」

「存じません」

凛花の返答に、千里は鬱陶しそうに顔をゆがめた。

「ここにいることは知ってるから。いちいちしらばっくれないでよ。ちょっと渡したいものがあるのよ」

千里の自信満々の物言いに、凛花はつい答えてしまう。

「今、ちょっと不在で……」

「じゃ、どこにいるの？　居場所は？」

名乗りもせず矢継ぎ早に質問してくる千里に、凛花は戸惑ってしまう。しかし、彼女の目的がわからない以上、居場所は知らせないほうがいいだろう。

「すみません。行き先までは私も知らないんです」

そう言うと、千里は小さく舌打ちした。テレビやグラビアで見る印象とはだいぶ違い、

「じゃ、中で待たせてもらうわ」

千里が靴を脱いで上がってこようとしたので、凛花はとっさに嘘を吐いた。

「今日は帰ってこないかもしれないです。なにか約束があると言っていたので、東京に戻られたのかもしれません。いつもそんな感じなので……」

「マジで？　あああーあたし、明日仕事なんだよなぁー」

外を見ると、駐車場には千里が乗ってきたらしい真っ赤な外車が停まっている。それは遼介の車と同じ車種の色違いだった。千里は一人で車を運転してここまで来たらしい。早朝に東京を出れば、ちょうど今ぐらいの時間にここへ着くだろう。

車はお揃いで買ったのかな？　それに、なぜ彼女はこの別荘の存在を知っているの？やっぱり、彼と連絡を取っているんじゃ……

凛花は内心あれこれ不安に思う。

「じゃ、これ彼に渡しといてくれる？　今日は仕事で近くまで来たから寄ったの。連絡待ってるって伝えといて」

千里はA4サイズの茶封筒を渡してきた。メールに書かれていた、例の弁護士に関する書類が入っているのかもしれない。

「あの、失礼ですが、どちらさまですか？」

凛花は封筒を受け取りながら、最初に聞くべき質問を口にする。

するとと、千里は蔑んだように見下ろし「普通に彼女ですけど？　あたしのこと知らないの？」と答えた。

「すみません。あまり彼のことに詳しくないので……」

凛花はとっさに嘘を重ねた。なぜこの人の前で〝ただの家政婦〟を演じないといけないんだろう？　と思いながら。

「あなたもいろいろ大変そうよねー」

千里は訳知り顔でニヤニヤし、さらに続けた。

「あれでしょ？　家政婦ってのは名ばかりで、要するにセフレでしょ？　身の回りの世話とあっちのお世話もなんてタイヘンだね。しかも彼、セックスが超ハードだから体もたないっしょ？」

セフレという単語が、ぐさりと凛花のハートに突き刺さった。

千里は凛花の様子など意に介さず、小馬鹿にしたように続ける。

「あんまり本気になっちゃダメよー。彼、お坊ちゃまでイケメンだから、めちゃめちゃモテるんだよね。しかも、女には超優しいし。だから勘違いする女子が多いんだけど、あの人、誰に対してもそうだから」

凛花は心臓をバクバクさせながら、無言で立ち尽くす。

「例の暴行事件でいろいろ叩かれたけどさ、彼って本当は超いい人だから。あたし、彼の冤罪を訴える運動を続けてるの。あたしなら優秀な弁護士も紹介できるし、力になってあげられるから。そう伝えといて」

千里は、凛花を憐れむように眉を八の字にして続けた。

「ほんと、あなたも身の程をわきまえなね。一時的に楽しむのはいいけど、あんまり深入りしないほうがいいと思うよ。遼介の邪魔になるだけなんだからさ。一応忠告しとく」

「わ、私は、そんなつもりは……」

「あの人お金持ちだからさー、なんでもお金で買おうとするんだよね。女の子もセックスも……」

千里は、ぷぷぷっとおかしそうに笑う。

凛花は、千里がなにを言っているのか、もうよくわからなかった。

明日仕事だから東京に戻る、遼介に必ず封筒を渡して欲しい、そんなことを言っていたような気がする。マスカラたっぷりのまつ毛に囲まれた瞳が、まるで奴隷を見るようだったことだけ覚えている。

気づくと真っ赤なスポーツカーは消えていて、いつもの静寂だけが辺りに残されていた。

その夜、遼介が帰ってきたのは夜の二十三時を過ぎた頃だった。

起きて待っていた凛花は、遼介から一緒に寝ようとベッドに誘われる。でも、ちょっと気分が乗らないからと言って断った。誘いを断るなんて、この別荘へ来て初めてのことだ。遼介は特に気分を害した様子もなく、二人はそれぞれ自室に引き上げた。

凛花は、千里が来たことを遼介に伝えられなかった。悶々としつつ、明日起きたら話そうと決意して凛花は眠りについた。

しかし、翌日も、その翌々日もどうしても千里のことを言い出せなかった。

日に日に凛花の胸の内に罪悪感が募っていく。千里の来訪を告げず、預かった封筒を渡さずにいることで、遼介を騙しているような気がしていた。遼介は千里の来訪に気づいた様子はない。

けど、確実にこの夢のような毎日は終わろうとしている。

以前みたいに朝から晩まで求め合うような熱情は弱まり、二人の関係は次の段階へ動き出そうとしていた。

凛花が千里の来訪を言い出せないまま迎えた、十一月十五日。

紅葉は今ぐらいがちょうど見頃だ。山の木々は色鮮やかな真紅や黄色に色づき、岩肌を流れる青い渓流とあいまって、絶景が楽しめた。

二人でベッドにいる時間はぐっと短くなり、代わりに遼介の原稿を書く時間が長くなった。だから凛花も、時間をかけて料理を丁寧に作るようになった。

日中はそれぞれが仕事をこなし、夜になったら二人一緒にベッドへ入るという生活サイクルが定着しつつある。会話も遼介の仕事に関することが多くなり、東京に戻ったら二人はどうするのかという問題が現実味を帯びてきた。

今夜も暖房をしっかりときかせたダイニングで、二人はいつもどおり食後のコーヒーを飲んでいる。凛花はぼんやりと千里との会話を思い返し、渡せないでいる封筒に思いを馳せていた。

あの中には、新しい弁護士に関する情報が入っているのかもしれない。だとしたら、早く渡したほうが遼介さんのためなんだろうけど……

「凛花」

遼介に呼びかけられ、凛花は「はい？」と顔を上げる。

「一緒に暮らさないか？」

唐突に遼介は言った。

「えっ!!」

凛花の心臓がドキンと飛び上がる。

「その……東京に戻ってからも、という意味で」

「それは家政婦に来てくれってことですか？」

「あ、いや、そうじゃない。参ったな、全然そういう意味じゃなくて……」

遼介は照れたように苦笑してから、言葉を続けた。

「雇用主と家政婦って関係じゃなくて、恋人として一緒に暮らさないか？」

それは初めてされた、二人の未来の生活についての提案だった。

「それって、同棲ってことですか？」

凛花は信じられない気持ちで質問する。

「端的に言えば、そう。今のアパートを引き払って、僕のところへ越して来ないか？　ここほど広くはないけど、同じように戸建てだから二人でも悠々住めると思う」

アパートを引き払って遼介さんと同棲……

それは非常に魅力的な提案のように思えた。

でも……

「ここでの夢みたいな生活が東京に戻ってからも続くんだ。僕が仕事へ行き、君が家事をやって、夜と休日は一緒に過ごす。最高だと思うんだけど、どうかな？」

黙り込んだ凛花の決意を促すように、遼介はテーブルに置かれた凛花の手をそっと握った。

「お金の心配はしなくていいよ。僕らが二人で暮らすための、引っ越し費用とかその他もろもろ全部、僕が持つから」

「あの、その、お申し出はありがたいんですけど……」

凛花は言い淀み、胸の内にある不安を整理する時間を稼ぐ。

「私には、家政婦の仕事もありますし……」

仕事と聞いて、遼介は微かに眉をひそめた。

「仕事なんて辞めればいい。自慢じゃないけど僕にはかなりの収入があるし、仮に再動に時間がかかっても、二人で一生暮らせるくらいの資産は充分ある」

「いえ、でも……」

「仕事がしたいなら、保留になっていた僕の事務所の仕事を手伝うのはどうだろう。君が望めば責任ある役職も与えるし、必要なスキルは僕が徹底的に教える。君にとってなんのデメリットもないと思うけど」

凛花は遼介の言うデメリットに心当たりがあった。

自分は今、ギリギリで生きている。ようやく就職できたハートフルアンバサダーで、やっと一人前に家政婦の仕事ができるようになってきたところだ。

真面目にコツコツ家政婦業に打ち込み、お給料をもらって家賃と光熱費を払い、社会保険にも入ることができて、どうにかこうにか自分を養っている。

仕事を辞めるということは、当然ながら生活の足場を失うということだ。

仮に今の仕事を辞めて遼介と同棲し、彼の事務所に転職したとする。

でも、もし二人の関係が破綻したら？

東京に戻ったあとも、今みたいな情熱がずっと続くとは思えない。きっといつか夢から覚める日が来る。始まったものは必ず終わるのだ。そのとき、自分はどうすればいい？

「君はもう要らない」と追い出されるの？　家どころか、職まで失って？　仮に事務所は辞めなくてすむとしても、元恋人が社長の職場になんてやっぱりいられない。

「まあ、職住近接ってのは、あまりオススメしないよな。事務所に君がいたら、僕も仕事に集中できないかもしれないし……」

遼介は少し考えるようにして、さらに説得してきた。

「僕の事務所がダメなら、今の仕事を続けてもらって構わない。会社へは僕の家から通えばいいし、それなら今ほどではないにしろ二人の時間が作れる」

同じことだ。二人の関係が破綻したタイミングで、追い出されたら意味がない。

触れ合う手は温かいのに、心がぎゅっと圧殺されていく気がした。恋とか愛とか、そういう感情を優先して生きられたら、どんなに幸せだろう？

私だって遼介さんと一緒にいたい。無邪気に笑って、なにもかも捨てて彼の胸に飛び込みたい！

でも、そうできないことは自分が一番よくわかっていた。

母子家庭で育ったこともあり、幼少の頃から母親の苦労を嫌というほど目の当たりにしてきた。お金のない生活が、どれだけ人を追い込むかよく知っている。母を支えるために学生時代は休みなくバイトしながら、奨学金をもらうための勉強時間をなんとか確保していた。

その後も、生活するために必死でやってきたのだ。

他人から見てどんなにつまらなくても、自分なりに築いてきた人生や生活がある。それを全部捨ててこっちへ来いと言われても、簡単にはいそうですかというわけにはいかない。

「ごめんなさい。せっかくのお申し出なんですけど……」

遠慮しつつ、しかし確固たる声音で拒否すると、遼介は驚いた表情で言った。

「理解できない。どうして？　僕が君なら、二つ返事でオーケーするよ。家も仕事もお金の心配もない。いったいなにが問題だって言うんだ」

このとき、去り際に千里が残していった言葉が思い返された。

――あの人お金持ちだからさー、なんでもお金で買おうとするんだよね。女の子もセックスも……

頭の中がすっと冷えていく。

……違う。彼女の言葉に惑わされちゃダメだ。遼介さんはそんな人じゃない。彼女はきっと、私と遼介さんの仲に勘づいて、わざと波風を立てるようなことを言ってきただけだ……

わかっていても、そうたしなめる理性の声は遥か遠い。

千里に言われるまでもなく、凛花自身がこの数週間ずっと感じてきたことだった。

私と遼介さんはやっぱり住む世界が違う。

お金の心配はないから仕事を辞めろと言う遼介に、たぶん悪気は一切ない。だからこそ、無視できないほどの差異があるのだ。彼と凛花は、社会的な地位も金銭感覚も価値観も、なにもかもが違う。東京に戻れば、彼も気づくはずだ。凛花は彼にとってなんの役にも立たない女だと。凛花が彼にふさわしくない女だと。

――一時的に楽しむのはいいけど、あんまり深入りしないほうがいいと思うよ。遼介の邪魔になるだけなんだからさ。

彼女の言うとおりだ。あまり好きになれない女性だったけど、この言葉だけは核心を衝いていると思えた。

私の存在が遼介さんの邪魔をしている。この先、無実を証明し、華々しく表舞台に復帰するには、千里さんのような人が必要なんじゃないの？

「どうして？　僕と一緒にいたくない？」

「そんなわけないです。私だってずっと一緒にいたいです！」

それは偽りのない本心だった。

「なら、どうして？　僕らはお互い好き合っていて、二人ともずっと一緒にいたいと思っている。なら、なぜ僕の提案を拒否する？」

遼介は掴みかからんばかりの勢いで迫ってくる。

「なにが君をそうさせている？　教えてくれないか」

遼介の問いに、どうにか答えようと唇を開く。

しかし、舌が石になったみたいに動かなかった。

二人で真剣に見つめ合ったまま重たい沈黙が続く……

この胸に圧し掛かっている重圧の存在を、どうにかして彼に伝えたかった。

だけど、とても無理だと思った。

それを伝えるには、弱くて、みじめな存在である自分を見せなくちゃいけない。
自分がなんの取り柄もないただの臆病者であることが、遼介にバレてしまう。
東京で元の生活に戻ったら、きっと遼介はそんな凛花に幻滅して去っていく。
そうしたら、凛花は深く傷ついて立ち直れなくなるに違いない。
伝えたい言葉は、ただ身の内を通りすぎていくだけで、声にはならなかった。
「君は僕とのことをどう考えているのかなって、ずっと気になってた」
やがて、遼介はあきらめたようにつぶやいた。
「僕と同じように考えてくれてると思ってたけど、違ったみたいだ」
遼介はそう言って寂しそうに微笑むと、おもむろに席を立ってキッチンを去っていく。
凛花はそのうしろ姿を、ただ呆然と見送った。
心に深くひびが入ったような、鈍い痛みを覚える。
あぁ、そろそろ潮時なのかもしれない。
元の生活に戻るときが来たんだ。
凛花は顔を上げ、暗闇に閉ざされた窓の外を見つめた。

十一月二十日の朝、キッチンに凛花の姿が見えなかったとき、遼介はとうとう来たなと思った。

少し前にワインを飲んだ日の夜、同棲の提案を拒否された。そのときから、なんとなくこんな日が来るかもしれないという予感がしていた。

ただ、このときはまだ、楽観視していた。別に同棲しなくてもお互い仕事を続けながら恋人として関係は継続できると、楽観視していた。会える時間は少なくなるし、ここと同じく夢のような生活ってわけにはいかなくなるけど、ここでの生活が特殊だったんだから仕方がないと。

見ると、窓の外には白い雪がうっすらと積もっている。昨夜から急激に気温が下がり、例年より早い初雪がちらついた。今日はいい天気で、雪は陽光を受けてきらめいている。

玄関から外に出ると、彼女のものらしき小さな足跡が、庭を抜けて国道沿いのバス停へ向かって点々と続いていた。彼女は始発のバスに乗って一人で帰ったのだろう。

凛花と出会ったときは確か夏の終わりだった。いつの間に季節が移り変わっていたのか、遼介はそんなことにも気づかないぐらい、彼女にどっぷりのめり込んでいたらしい。

スマートフォンを取り出して彼女に電話しようとして、電話番号を知らないことに愕然(がくぜん)とする。そういえば、メールアドレスもＳＮＳのＩＤも知らない。ただ荻窪に住んでいるという情報だけで住所もわからなかった。

当然確認しておくべき部分をおろそかにしすぎだ……

自分の失態にイラついて舌打ちする。それだけ自分の頭がおかしくなっていたってことだろう。実際そのとおりで、否定するつもりもないが……

叔母のところに電話しようとして、思い直す。今の段階で叔母から凛花の番号を聞き出そうとすれば、あれこれ邪推(じゃすい)されて話がややこしくなりそうだ。もう少し準備を整えたほうがいい。叔母は還暦(かんれき)を過ぎたとはいえ勘は相当鋭いし、野生のクマみたいに鼻が利く。

怪我も治ったし、体力も回復した。そろそろここでの生活も潮時だろう。

ネットとテレビをチェックしたが、騒ぎもだいぶ沈静化してきた。三月からの仕事のスケジュールも埋まりつつある。

遼介は顔を上げ、行く先を見据えて「よし！」と拳(こぶし)を握り気合を入れる。

廊下を歩いて部屋まで戻りながら、資料の整理と荷造りの日数をざっと計算した。

急ぎのメールだけ返信し、関係者に「戻る」と連絡を入れる。今日明日で準備を終わらせ、明後日(あさって)にはここを出発する。天気予報によると、今週はずっと晴れのようだから、雪で足止めを食らうこともないだろう。

彼女が黙って姿を消したことで少々傷ついたが、まだあきらめてはいなかった。

きっと一時的に臍を曲げたか、彼女の生真面目な部分が「このままじゃダメだ」と思ったんだろう。だから、ここでの契約を切り上げて東京に戻ったに違いない。

だったら、自分だけがここに残っていても仕方がない。自分も東京に戻って生活を立て直す。そして、彼女を美味しいレストランにエスコートして、気の利いたサプライズでよろこばせるんだ。そうすればきっと、彼女も機嫌を直してくれるに違いない。

このときの遼介はそうなることを欠片も疑わず、能天気に構えていた。

クリスマスはきっと東京で彼女と過ごせるだろうと、期待に胸を膨らませて。

充分な休暇を取り、遼介の体にはパワーがみなぎっている。

現実的でシビアな、損得勘定の世界に戻るときはきた。

彼女のいる東京に帰ろう。

東京に戻った遼介を待ち受けていたのは、怒涛のような忙しさだった。

予想していたこととはいえ、長期にわたる山奥でのスローライフで勘が鈍っていたせいか、元の生活に慣れるまで少々手間取った。

会わねばならぬ人が山のようにいて、書かねばならぬ書類が山のようにあり、判断しなければいけない案件も山のようで、気づくと深夜になっているという目まぐるしさだった。

ひさしぶりに着たスーツは堅苦しかったが、怪我をした左足と右手の違和感は皆無だったので、徐々にスイッチを切り替えて都会のスピードに体を馴染(なじ)ませていった。

だが、凛花とのことは、そう簡単に進まなかった。

戻ったらすぐに凛花と会おうと思っていたが、彼女とまったく連絡が取れない。

凛花は遼介の前から完全に消えてしまっていたのだ。

彼女は勤めていたハートフルアンバサダーを退職していた。遼介が東京に戻ってさまざまな雑務を終え、十日後ぐらいに叔母に連絡したら、すでに退職したあとだった。聞くところによると、急な話で叔母も寝耳に水だったらしい。

叔母を拝み倒して凛花の携帯の電話番号を聞き出し、遼介は何度も何度も電話を掛けた。しかし電話の呼び出し音は鳴らず、すぐに切れてしまう。何度も繰り返す内に、ようやく着信拒否をされているらしいと思い至った。予想外だったが、間違いないだろう。

遼介は彼女に名刺を渡してあった。だから彼女は、遼介の事務所と自宅の住所と電話番号を知っている。

つまり、遼介からの電話とわかっていて着信拒否をしているのだ……

彼女にそこまでされる理由がまったく思いつかない。

いくつか考えられることといえば、たとえば遼介が強引すぎたとか、セックスがハードすぎたとか、同棲の件で遼介の言葉に傷ついたとか……

しかしそれらは、黙って姿を消されるほどのことだろうか。遼介の強引さに彼女はいつも笑っていたし、セックスには彼女も積極的に応(こた)えてくれていた。同棲の件だってあの日以来、特に触れることなく毎日肌を重ねていた。そのときにだって、「大好き」と言われていたのに。

こんなに一方的に繋(つな)がりを断たれて困惑したし、傷ついたし、憤慨もした。彼女にとって、自分はその程度の男だったのかと胸が苦しくなった。自分はまだこんなにも彼女のことを想い、毎晩身を切るような切なさを抱えて眠りにつくのに。

数日後、遼介はふたたび叔母に電話して、凛花の住所を聞き出そうとした。しかし、叔母は頑として口を割らない。おだてたり脅したりなだめたりすかしたり、あらゆる手を尽くしてもダメだった。「血の繋(つな)がった実の甥(おい)の一生のお願いなんだぞ！」と声を荒らげたら、電話を切られてしまった。

遼介はスマートフォンを手にしたまま呆然と立ち尽くす。

なぜだろう？　なぜ、住所を教えてくれない？　凛花と深い仲になったことぐらい、叔母ならば察しがついてもよさそうなのに、なぜ隠す？

正直、叔母が凛花から自分を遠ざける理由が思い当たらなかった。となると、凛花が口止めを頼んだのだろうか？　それはなぜだ？　いったい彼女になにがあったというんだ！

あの夜、やはり凛花の様子はおかしかった。

遼介は同棲の話を持ち掛けたときの記憶を辿った。

あのとき、彼女はなにかに脅えているように見えた。けれど、遼介は同棲を断られたショックのほうが大きくて、踏み込んで聞くまでに至らなかった。

今思えば、彼女が姿を消して遼介の電話を着信拒否している理由はその辺りにあるのかもしれない。いずれにしろ、凛花に会って直接話をする必要がある。

叔母は取りつく島がないので、遼介は自分で行動を起こすことに決めた。まずはハートフルアンバサダーの事務所に行って、凛花の同僚になにか話を聞くことができれば……

しかし、仕事のスケジュールがそれを許さなかった。とにかく超絶忙しい。

新事務所の立ち上げで、物件の確保だのスタッフの採用だの、やるべきことは山積みなのだ。さらに、年度初めから始まる講演やセミナーの準備もあり、朝から晩まで打ち合わせの連続で、その合間に執筆と雑誌等のインタビューをこなしていた。

我ながらかなりのワーカホリックだと思う。正直、かつての自分だったら、恋愛にかまけている時間はないと、あっさり切り捨てていただろう。

でも、今の遼介はどんなに忙しくても、凛花をあきらめたくなかった。

だけど、実質的に彼女を捜す時間がとれない。フラストレーションは溜まる一方だ。じれじれしているうちに、十二月に入ってしまった。

遼介はなんとか仕事の調整をつけて、ようやくハートフルアンバサダーの事務所に足を運んだ。そこで会えた凛花の同僚数人に、話を聞くことができた。皆が異口同音に凛花は働き者でいい子だと言ったが、凛花の住所を知っている者はいなかった。凛花は同僚と仕事ではうまくつき合っていたようだが、プライベートで遊んだり出掛けたりというのはほとんどなかったらしい。凛花らしいなと思いながらもそれ以上の収穫はなく、遼介は事務所をあとにした。

叔母は不在で会うことはできなかった。

東京へ戻ってから初めて取れた休暇を使って、彼女のアパートのある荻窪まで足を運んだ。JR荻窪駅で張っていても凛花に会える確率はかなり低そうだが、それでも遼介は一縷（いちる）の望みに賭けた。

遼介はほぼ丸一日掛けて凛花を捜し駅の周りを歩いたり、改札の前に立ち続けたりした。だが、凛花の姿を見つけることはできなかった。

仕事中はとにかく凛花からの連絡がくるのを待ち続けた。着信音が鳴るとドキッとしたし、メールの受信音が鳴ればすぐさま受信箱を開いて中を確認した。しかし、待てど暮らせど凛花からの連絡はこない。

意味もなく『野川凛花』とネットで検索してしまい、これじゃストーカーみたいだと自分に驚き、慌ててブラウザを閉じたこともある。ちなみに検索結果には、ハートフルアンバサダーのホームページが表示された。そこには社員たちの集合写真が一枚載っていて、小さかったけど凛花の姿も写っていた。遼介はその豆粒ほどの凛花の写真を食い入るように見つめながら、彼女の写真さえ持っていないことに気づき、さらに落ち込むことになった。

そんなこんなで凛花に会えないまま時は流れ、東京はすっかりクリスマス一色になり、街中が浮き立っていた。

その夜も赤坂にある自宅の一室でパソコンに向かい、仕事に関する調べ物をしていた。時計は十二月十八日の深夜一時を指している。打ち合わせが長引いて、取り掛かるのが遅くなってしまった。

これが終わったら凛花を捜しに行こう、この仕事が終わったら、この原稿が終わったら……そう幾度も思い続けてもうずいぶん経つ。今度こそ、これが終わったら絶対に凛花を捜しに行くんだ！　そう決意して、猛烈な勢いでキーボードを叩く。

そのとき、携帯電話の着信音が鳴り響いた。

慌ててスマートフォンを掴むと『着信中』の文字の横に見知らぬ電話番号が表示されている。

……もしかして、凛花かもしれない！

はやる鼓動を抑えられないまま、遼介は通話ボタンを押した。

「もしもし!?」

意識せず声が上ずる。しかし、通話口から聞こえてきたのは妙に明るい声だった。

『あーやっと繋がったー！　あたしだよー』

とっさに、誰の声だかわからなかった。凛花じゃないことはたしかだ。

だが、どこかで聞き覚えのあるこの声は……

声の主に思い当たった瞬間、ものすごい憂鬱に襲われた。思わず、がっかりしてうなだれてしまったくらいだ。

「千里。番号を変えて電話してきたのか。いい加減にしてくれ」

『なにその言い草ー。ひどくないですかー？　あたしの携帯、着拒されてるんだから、しょうがないじゃん』

「何度も言ったけど、君と話すことはなにもない。悪いけど切らせてもらうよ」

暗澹(あんたん)たる思いで電話を切ろうとした遼介の耳に、千里の声が飛び込んできた。

『ちょっとぉー。あの家政婦から、ちゃんと封筒受け取った？』

ドクリ――心臓が嫌な音を立てた。

不吉な予感に胸がざわざわする。

遼介はもう一度スマートフォンを耳に当て、慎重に聞き返した。

「なんだって？　今、なんて言った？」

『だからー、あの家政婦の女に渡した封筒を、ちゃんと受け取ったかって聞いてんの！』

「渡した封筒？　なんの話だ？　誰になにを渡した？」

『ええーっ、もしかしてなにも聞いてないの!?　信じらんない、あの女。ちゃんと渡してって言ったのに!!』

「千里、ちゃんと説明してくれ。まさか別荘まで来たのか？　そこで彼女に会った？」

『だからそうだってば。先月仕事でそっちまで出たから別荘に寄ったのよ。あなたが隠れるなら絶対、その辺りだと思ったからさー』

別荘の存在は、本当に限られた人しか知らない。しかし千里には以前、酒に酔った勢いで、別荘の話をしたことがあった。まさか千里がそれを覚えているとは――

千里はクスクス笑ってから、小馬鹿にしたように付け加えた。

『家政婦とか言っちゃって、どうせセフレでしょ？　あなたもひどい男だよねー。あんな清純そうな女の子をお金で雇うなんてさー』

こめかみがドクドクと脈打ち、軽く目眩がした。

すべてを聞かずとも大体当たりがつく。凛花の様子がおかしくなった原因は千里だったんだ。

突然来襲した千里に、凛花はなにかとてつもなく失礼なことを言われたのだろう。きっと千里の言葉に、凛花は深く傷ついたに違いない。遼介にその話を伝えられないくらいに……

「千里、彼女になにを言ったんだ？　……教えてくれ」

怒鳴りつけたい気持ちを押し殺して尋ねると、地獄の底から響く声みたいになった。

一瞬、千里はひるんだように小さく息を呑んだが、すぐに軽い調子でペラペラしゃべりだした。

『なにって……別に。新しい弁護士に関する書類を渡しただけよ。冤罪についていろいろ調べた書類も入ってたんだから。遼介、受け取ってないんでしょ？　ありえなーい』

弁護士って、あのメールの件か……？

千里からきたメールは一応読んでいたが、すぐ削除した。新しい弁護士なんて必要ないし、昭彦と争うつもりもない。

「あとは？　他になにを言った」

『軽く雑談しただけよ。セフレもやって家政婦もやって大変ねって。労をねぎらってやったんですけど』

怒りに近い感情がふつふつと込み上げ、カッと頭に血が上る。

「ふざけるなっ!!　勝手なこと言いやがって、迷惑だ!!」

『な、なによ、そんなこと偉そうに言える立場？　自分だって、お金で女の子もセックスも思いどおりにしてるくせに』

「僕は金で女の子を思いどおりにしたことなんて、一度もない！」

遼介は歯ぎしりしながら、どうにか声を出した。

「まさか、そんな風に僕のことを言ったのか？」

『言ったわよ。あなたもタイヘンね、あんまりマジになんないほうがいいよって。だって本当のことじゃない』

千里は売られた喧嘩は買いますとばかりに鼻で笑って、さらに言った。

『あーいう田舎っぽい子ってさ、ちょっと優しくするとすぐ勘違いして速攻で股を開くよね。お馬鹿なチョロインて奴？　ウザくてあたし無理なんだよね。だから、あんまり遼介の邪魔しないでね、身の程をわきまえなよって言ってやったわけ。遼介、休んでる間にだいぶ趣味悪くなってない？　ウケるー』

千里はこういう女だった。平然と他人の領域を土足で踏みにじり、誰かをめちゃくちゃに傷つけたとしても、それが正しいと本気で思い込んでいるような女だ……

「一度しか言わないから、よく聞けよ」

我ながらこんなに冷淡な声が出せるのかと驚きながら、遼介は言葉を続けた。

「今後一切、僕と凛花に近づくな。もし次に君の姿を見かけたら、あらゆる手段を行使して徹底的に排除する。ストーカーとして警察に通報するし、君の職場や親族にも警告する。法的な手段を使ってでも、君が社会的に抹殺されるまで、絶対に容赦しない」

『なっ！　信じられない……。そこまで言う？　遼介のために、あたしがどれだけのことをしたと思ってんの？　あたし、遼介の冤罪を訴える活動までしてるんだよ？　それに対して、少しの感謝の気持ちもないわけ？　わざわざ優秀な弁護士まで探してあげたのに……』

相手を支配する常套手段だなと、うんざりする。

「あなたのために」「よかれと思って」と、恩を押しつけていっさいの反論を封じ、その実、相手に干渉して支配する。相手を自分の思いどおりにコントロールしたい奴が使う、有効なメソッドだ。

しかも実行している本人にその自覚がなく、本気で相手のためだと思い込んでいるから性質が悪い。

言葉に力はあるし、相手を思って涙も流す。

一見、正しく見えるから多くの人が騙（だま）されるが、殺傷力はなかなかだ。

正しさを振りかざし相手を思いどおりにする……一番怖い暴力だと思う。真に相手を思うなら、相手の生き方を尊重し、過剰な干渉などしないはずだ。

遼介は長らくそういう人たちが振るう暴力に晒（さら）されてきた。いつか室生医師が言ったように、逆境に立たされたおかげで本物が見えるようになった。それだけはよかったと思っている。

「君のそういうところが大嫌いだ。自覚のない暴力を振りかざす君が、とても怖いよ。……これが最後の通告だ。二度と僕に関わらないで欲しい」

『ひどい……あなたのために、あたし、あんなに頑張ったのに……。どれだけお金と時間を掛けたと思ってるの？　ひどすぎる……』

千里は声を殺して嗚咽（おえつ）し始めた。

第三者からしたら、女性を泣かせる遼介は鬼畜で悪魔に見えるだろう。ならば自分は、鬼畜で悪魔で構わない。

『ほんっと、クズでサイテーだね、あんた。世間で言われてるとおりの人間だって、今ホンキで思ったわ。叩かれて当然じゃん』

「ありがとう。僕はクズで最低の男だよ。だから、二度と掛けてくるな」

遼介は冷え切った心で電話を切り、着信拒否の設定をした。

こうしてはいられない。とにかく急いで凛花に会いに行かなければ！

速攻でセーターとジーンズに着替え、ダウンジャケットを羽織り、財布と車のキーを掴んだ。時刻は深夜二時前だ。叔母にめちゃめちゃ怒られるだろうけど、今はそれどころじゃない。

玄関から外へ出ると、小さな雪が紙吹雪みたいに見えた。それが遼介の行動を歓迎している気がして、勇気が湧く。ここから叔母の住む家まで、急げば三十分以内で行ける。はやる気持ちを抑えながら、遼介は車に飛び乗りアクセルを踏み込んだ。

初雪のちらつく都心の道を縫うように走りながら、凛花のことを想った。

凛花はどうしているだろう？

彼女の面影を思い出すと、胸が切なく絞られる心地がする。

まだ終わったと決まったわけじゃない。凛花が深く傷ついたんだとしたら、それを癒やせるのは遼介だけだ。かつて別荘で凛花が遼介の傷を癒やしてくれたように。

自分でも不思議だった。

かつての遼介はなにをおいても仕事が第一だった。仕事の邪魔をされるくらいなら、女性を切り捨ててきた。それが凛花のことになると、仕事をほっぽり出すだけでなく、愚かで失態ばかり演じる情けない男に成り下がってしまう。「これが自分だ」と自信満々に思い込んでいた自分像が、ガタガタと音を立てて崩れていく。

遼介はこの年になってようやく、真剣な恋に落ちていた。

ハンドルを握りながら目の奥が熱くなり、通り過ぎるネオンがゆがんでにじむ。

怒りと哀しさで微かに顎が震える。冤罪を被ったときよりも、凛花が傷つけられたことのほうが何千倍もこたえた。強く歯を食いしばって涙を堪える。

……凛花。

この反吐が出るようなむちゃくちゃな世界で、遼介が心から信じられるのは彼女だけだ。

――君の愛情だけが、真っ暗闇で足元を照らす小さな光になってくれる。僕はこれから先も、僕と君の特別な繋がりを信じたいんだ。

絶対に、絶対にあきらめるもんか。ここで本気を出さなくて、いつ出すんだ。絶対に凛花を取り戻すんだ。そのためならどんな障害も困難も、必ず越えてみせる。

車は惑星間を走るスペースシャトルのように、ネオンの波間を突き抜けていった。

ナイトガウン姿で玄関ホールに現れた若御門礼子は、深夜二時半に来訪した遼介を、呆気に取られて見つめた。

凛花の住所を聞くまでテコでも動かないと遼介が宣言すると、礼子はため息をついてうなずき、「着替えてくるから、そこで待ってなさい」と言う。

遼介が玄関に立ったまま待っていると、間もなく暖かそうなタートルネックとロングスカートに身を包んだ礼子が現れた。少しドライブしましょうと言う礼子に促され、遼介は彼女がハンドルを握るイタリア製のスポーツカーに乗った。

車は音もなく滑り出す。

「ちょうどよかった。私もあなたに大切な話があるのよ」

礼子はそう言って、見事なハンドルさばきですいすいと前方の車を追い抜いてゆく。

礼子の横顔には深い皺が刻まれ、アップにした髪もほとんど白髪だったが、丁寧に年齢を重ねてきた者の持つ美しさがあった。優しく見守ってくれる柔和さと、世の厳しさを熟知した峻厳さが同居しているような。

彼女を見たら誰もがきっと「この人は只者じゃないぞ」と一目置くに違いない。そういう雰囲気は身に着けようとして着くものじゃないと思う。

助手席に座る遼介は車窓を眺めながら、大切な話とは凛花の件だろうかと推測していた。凛花が退職するときに、なにか言い残したのかもしれない。

まあ、なんでもいい。とにかく自分は凛花の住所を聞き出すまで、叔母の傍を離れるつもりはない。

車は夜の道路を軽快に飛ばしていく。高層ビルのイルミネーションの美しさは何度見ても飽きなかった。こんな景色は凛花と見たかったと思う。

「どこまで行くんです？」

しばらく窓の外を眺めていた遼介は、痺れを切らしてそう尋ねる。だが、礼子は正面を見つめたままなにも答えない。

遼介は語気を強めてさらに言った。

「言いたいことがあるなら、はっきり言ったらどうです？」

「甥っ子の不祥事は、母親代わりでもある私が、尻拭いする責任があると思ってる」

おもむろに礼子は言った。

不祥事だって？　遼介は眉をひそめる。

「不祥事……というのはちょっと語弊があるわね。世間が言ってるあなたの不祥事は、不祥事ではないと、私は思っているの。私は子供の頃からあなたのことをよく知ってる。だから、世間が不祥事だなんだと騒ぎ立てたときも、あなたは誰かの恨みを買って嵌められたんだとすぐにわかった。私もこれまで、似たような経験を山ほどしてきたから。夢を実現しようとするなら、そういうやっかみは不可避よ。むしろ、あなたが正しい道を進んでいる証拠だと思うから、そのまま頑張ればいいわ」

「応援どうも」

「私の言ってる不祥事は、本当の不祥事の話よ」

……本当の不祥事だって？

ますます嫌な予感を抱きながら、遼介は黙って話の核心を待つ。

「若御門家一門の起源や歴史については、あなたもよく知ってるわね？」

「……一とおりは。幼い頃から嫌ってほど聞かされてきましたからね」

「旧財閥の直系血族なんて、私も若い頃は随分と窮屈に感じたわ。若御門家に生まれたことを呪ったりもした。旧態依然として、進歩がない頭の固い連中の巣窟だってね」

「僕はどちらかと言えば感謝のほうが大きいですね。若御門の名前を使えば、便利なことが多いんで」

遼介は話がどこに着地するのか見極めようと、礼子の横顔に目を凝らす。

「遼介、いい男になったわね。あなた、すごくいい男になった。正直、期待以上だったわ」

これは上げてから落とすつもりだなと、遼介は身構える。

「私はあなたがどれだけ女遊びしようが、キャバクラで一晩六百万使おうが、ミクロネシアの孤島を買い取ろうが、とやかく言うつもりはないの」

「いや、さすがに孤島を買ったことはないですよ……」

「あなたは今、メンタルもフィジカルも男としてピークを迎えているんでしょう」

「叔母さんにしては珍しく歯切れが悪いですね。もっと単刀直入に言ったらどうです？」

まだるっこしくなってきた遼介は、攻勢に転じた。

「凛花からなにか聞いているんですか？　とにかく、彼女の住所を教えてください」

「……彼女は今、栃木の実家に戻ってるわ。一人だと体調管理が心配だから、お母さまのところに帰りなさいとアドバイスしたのよ」

「えっ？」

「彼女には、かなりまとまったお金を渡したの。当初の予定より短くなったけど、今回の仕事の報酬と退職金プラスアルファをね。体形が変わるからお洋服とか医療費とか、なにかとかかるだろうし。彼女、最初は固辞してたけど無理矢理受け取らせたわ」

ドクン。

鼓動が、遼介の胸を強く打つ。

「退職金というより、若御門家のあなたの叔母として必要なお金を渡したの」

ドクン、ドクン、ドクン……

興奮と緊張で脈拍が速まっていく。

「それって……まさか……」

遼介は口をパクパクさせる。喉がカラカラに渇いて言葉が出てこない。

「どうせあなたは鈍くて忙しいだろうから、あとのことは私に任せてのんびりしなさいと伝えておいたわ。彼女はもう若御門の一門みたいなものですからね」

……そういうことだったのか！

ようやくすべてが腑に落ちた。

「そ、それ、ま、間違いないんですか?」

「そこであなたに確認したいのだけど」

礼子は魂まで凍るような超冷ややかな声で続けた。

「あなたはもちろん、凛花ちゃんと一緒になる気があるのよね? 一緒になりたいからこそ、そういう行動を取ったわけよね? 事と次第によったら、このままあなたを東京湾に沈めなきゃいけなくなるけれど、あなたの考えを聞かせて欲しぃの」

「僕は最初から凛花とずっと一緒にいたいと思ってますよ! 彼女のような人とこの先出会うことはないだろうし、僕は人を見る目だけは絶対の自信があるんです。ぶっちゃけ、さっさと結婚して家に閉じ込めてしまいたいと思っていました!」

つい語気が強くなってしまう。呼吸を整え、声のトーンを少し落とした。

「だけど、そういう話をいきなりしても繊細な彼女は引くだろうから、まだ伝えられていません。同棲の話すら断られたばかりなんだ……」

礼子はちらっと横目で見ると、ものすごく嫌そうに顔をしかめた。

「あなたもほんっと若御門の男って感じよねぇ……。要領がいいくせに、変なところで不器用っていうか。まぁ、でもそれを聞けて安心したわ」

礼子は心からうれしそうに微笑み、明るく言った。

「おめでとう！　あなたもパパね。三か月だそうよ」

言われた瞬間、頭の中が真っ白になった。

こんな事実を告げられて即大喜びできるほど、男というものは聖人君子ではない。

まず驚愕があり、その次に困惑し、この先大丈夫だろうかと不安になる。しかし、凛花のほうがもっと不安に違いないと思い至った。

「凛花は……凛花は大丈夫なんですか？」

遼介が問うと、礼子は力強くうなずいてくれる。

「大丈夫。母子ともに健康よ。ひさしぶりの実家でのんびりしているんじゃないかしら」

よかった……

とりあえず、ホッと安堵する。すると、不安と虚無感で塞がっていた心に、温かいものが流れ込んできた。真っ暗だった世界に希望の光が差したような。

――僕と凛花の繋がりはまだ切れていない。

そのとき、礼子は強い目で言った。

「遼介、よくやったわ」

「は？」

「聞こえなかったの？　ＧＪって言ったのよ！　グッジョブ!!」

「へ？」

「今の時代、スピードが超大事よ。晩婚化しているからこそ、こういうのは若さと勢いが大切なの。両家の理解だの結婚式だの常識だのを守っていたら、あっという間にチャンスが過ぎて、体もメンタルも老いてしまう。そうなってからでは遅いのよ。あなたにはわからないでしょうけど」

「はぁ……」

「これだ、と思った女性がいて、自分に彼女を養う充分な能力と資産があり、きちんと彼女との未来を思い描けるなら、少々ルールを破ってでも強引に取りにいきなさい。世間が許さなくても、私が許すわ。ここぞというときに常識なんか守ってても、幸せになんてなれないのよ」

礼子は獲物を狩る鷹のように鋭い目つきで言う。

「叔母さん、相変わらず過激ですね……」

そうだった。叔母はこういう人だった。世間がダメだということを、敢えて破って自分の人生を生きろと叫ぶような……

だからこの人は、何度も若御門家から勘当寸前の目に遭っているわけなのだが。

「この件であなたは世間と若御門一門からボロカスに言われるでしょうけど、私だけは超ＧＪって言ってあげる。なんといってもあの凛花ちゃんと遼介の子供だし、叔母さんチョー楽しみ♪」

「……」

「私は祝福するし、歓迎しているわ。愛情によって大切な命を授かるなんて、これ以上ない幸せだと思ってる」

「……殴られるかと思ってました」

「あなたの人生なのよ。他の誰のものでもないわ」

そう言って叔母は満面の笑みを浮かべた。

「しかし、なら、叔母さんの言う不祥事って……」

遼介が首を傾げると、礼子はふと真顔になる。

「あなたはまだ私の言う不祥事が、なんのことだかわかっていないわけね？」

「はぁ、まぁ。妊娠の件じゃないのなら……」

「つまり、凛花ちゃんがなぜ黙って去ったのかも、なぜ妊娠のことをあなたに告げなかったのかも、そのあとなぜ連絡が取れなくなったのかも、ぜーんぜんわかっていないわけね？」

図星なので遼介は唇を引き結ぶ。

「ったく。これだから若御門の男どもは！　どいつもこいつもお坊ちゃま風をピューピュー吹かせやがって……」

やくざみたいな口調で礼子は舌打ちした。

遼介はカチンときて思わず言い返す。

「そこまで言います？　僕は、そこまで言われるようなことを、なにかしましたか？」

「じゃかあしい！　そうやって、ボクナニカシマシタカ？　とか、とぼけて聞いてくるアホヅラに飛び蹴りかましてやりたいわ！」

その剣幕に、遼介は沈黙するしかない。

叔母が一度こうなったら、もうひたすら黙ってやり過ごすしかないのだ。

「遼介、もっと心の機微に耳を澄ませなさい。あなたが想像する範囲の、もっと外側まで真剣に想像するの」

「それは、僕が凛花の心の機微に無頓着だったということですか？」

「あなたにわからないのも無理はないけど、世の人はもっとずっとお金のことで傷ついているの。出自や容姿や学歴、その他無数の属性のことで、もっとずっとコンプレックスを持っているのよ。そんなややこしいこと僕にはわかりましぇん、なんて逃げ回っていないで、もっと全速力で走って追いかけなさい。追いついて、寄り添って、頭をフル回転させて、もっともっともっと、本気で相手を理解しようとなさい。プライドなんてブン投げてドブに捨てちゃいなさい。あなたには、なにが本当の優しさなのかを真剣に考えて欲しいのよ。それは、ただの気休めを言うことや、耳に心地のいい言葉を並べるだけじゃないはずよ」

お金のこと、出自や容姿や学歴……

礼子の言葉は、凛花に対してずっと感じてきたもどかしさを言い当てている気がした。

凛花が自分を拒絶した理由は、千里の件だけじゃないのかもしれない。

彼女はなにか遼介に言えない傷があり、それを克服するために、ひたむきに仕事をしていたんだとしたら……

そのことに引け目を感じていて、遼介になにも言えなかったのだとしたら……

さーっと血の気が引いていく心地がした。

同棲の件を持ち掛けたとき、僕は彼女になんと言った?

お金のことは心配ないから、すべてを捨てて僕のところへ来いと強要しなかったか……

「凛花ちゃんに拒絶されたから傷ついたーってボサッと立ち尽くしてても、なぁーんも話は進まないのよ。もっと強くなりなさい。もっともっと強く。ぐっさぐさに傷ついてプライドが崩壊しようが、木っ端みじんに砕け散ろうが、実際に血は一滴も流れないから安心して。自分なんてものは、大切なもののために捧げてしまいなさい」

自分を大切なもののために捧げる……

うまく言えないが、このときようやく「僕のなにが悪かったのか」ということが、うっすらわかってきた。いや、それはただ「悪い」という一語で表現できるものじゃない。

死角があったのだ。

今の遼介には見えない心の死角があって、凛花の悩みはその死角で展開していたのだ。

たぶんあの別荘にいる間、ずっと。

彼女は、それが遼介に見えていないことを重々承知していて、一人で遼介の下を去った……

遼介は気合を入れ直し、両手で自らの頬を叩いた。パアンッ！　と大きな音が車内に響き、礼子がびっくりしたように遼介を見る。遼介はさらにもう一度、力強く頬を叩いた。

覚悟を決めるんだ。拒絶されても傷つけられても貶められても、大切なものを守るために自分を捧げるんだ。

「凛花の実家の住所を教えて頂けますか？」

遼介が言うと、礼子は満足そうに口角を上げた。

「ダッシュボードに赤い手帳が入っているから、その最後のページをご覧なさい」

言われたとおりにダッシュボードを開けると、赤い手帳が出てきた。最後のページに凛花の実家の住所が記してある。

「叔母さん、ありがとう。恩に着ます」

その言葉を聞くと、礼子はやれやれと微笑んだ。

「遼介。自分を信じて、幸せを掴み取りなさい。あなたなら大丈夫」

「はい」

◇◇◇

十一月二十日の雪が降った朝、遼介との関係を清算しようと決意した凛花は別荘を出た。

バスに揺られながら凛花は、これでいいんだと何度も自分に言い聞かせた。このまま東京に帰って以前の日常に戻ろう。社長になにか言われたら、最悪転職も考える必要がある。

彼との接触はすべて断ってしまったほうが、きっとお互いにとっていいはずだから。

ここでのことは、自分だけの宝物として胸にしまって生きていこう。

千里のこと、身分差、自分の存在価値、もっともらしい理由をいろいろ並べてはいるけれど、結局のところ、己の身が可愛いだけなのだと凛花は気づいていた。

私はとても怖い。東京に戻り、彼に見向きもされなくなることが。もう君は用無しだよと切り捨てられることが。怖くて怖くて仕方がなかった。

だから、傷つく前に自分から関係を終わらせようとしている。

全部自覚があるのに、自分ではどうすることもできない。

スマートフォンを取り出し、若御門遼介の連絡先を開く。彼の名前を数秒見つめたあと、着信拒否の設定をしてショルダーバッグに戻した。

どうしてかな、と哀しい気持ちで思う。どうして人は、本当に欲しいものを取りにいくことや、幸せになることに対して臆病になってしまうんだろう？

すべてを捨てて彼の胸に飛び込む勇気も、未知なる未来に一歩踏み出す勇気もなく、すべてを放棄して逃げ出してしまった。

自分がもっと強ければよかったのに。強くて、自信があって、遼介さんの愛を一途に信じることができたなら、結果は変わっていたのだろうか……

いつか、三十歳になって四十歳になって、おばあちゃんになったら、このときのことを懐かしく思い出すかもしれない。ほんの数か月間、情熱的な恋に落ちたこと。自分はその人のことが大好きで、相手も自分のことをすごく愛してくれていて……

そこまで考え、喉の奥がつかえた。涙が堪えきれなくなり、前の座席の背もたれに額をぎゅっと押しつける。

大丈夫。きっといつか忘れられる。今はつらくても、きっと時間が癒やしてくれるはずだから。

そうして、凛花はその日の内に荻窪のアパートまで帰った。

ひどく疲れが溜まっていたのか、そのあと三日間寝込んでしまった。そのあとも、ずっと熱っぽくて体調が優れない。しかも、生理不順だったのが気になっていた。十一月の終わりになり、やはりおかしいと思って産婦人科に行くと、医師から妊娠を告げられた。

すっかり動転してしまって、とっさに頼ったのが母だった。そのあと母に説得されて礼子に事情を話し、少しの間、会社を休職することにした。

社長のすすめもあり、着替えなどの必要最低限の荷物だけ持って、しばらく実家に帰ることにした。

社長には妊娠のことは話したけど、父親が誰かは言っていない。けど、やっぱり気づいている様子だった。提示された報酬より遥かに多い額が振り込まれていたから。さすがに固辞したけれど、「当座の生活費にして」と一方的に電話を切られてしまった。

母とも相談し、ありがたく頂戴することにした。今の凛花にお金は必要だから。

十二月に入り、遼介に連絡しなければと思いながら一日経ち二日経ち、決心がつかないまま時間だけが過ぎていった。

一番に言うべきなのはわかってる。けど、黙って姿を消したことに対するうしろめたさと、彼はきっと怒っているだろうという恐怖で、なかなか一歩が踏み出せない。

結局、もう少し落ち着いたら連絡しようと先延ばしにしていた。

そして迎えた十二月十八日、クリスマスの一週間前。

「お母さん。なにも聞かないんだね」

凛花がそう言うと、母の野川由布子(ゆうこ)は顔を上げてキョトンとした。

「聞くって、なにを？」

「……だから、妊娠のこと。なにがあったのかとか、相手は誰なのかとか、聞くでしょ、普通」

凛花の言葉に、由布子はあっけらかんと笑う。

「そんなの……別に。お母さんとしては、凛花が元気に帰ってきてくれただけで、もう大満足でうれしいけどな」

凛花は複雑な思いで由布子の言葉を受けとめた。

今年で五十五歳になる由布子は、古い市営住宅のアパートで独り暮らしをしている。建物はかなり古いけれど、間取りは3DKだし家賃が非常に安く、パート勤務の由布子でもなんとか生活ができた。

由布子は娘の目から見てもおっとりした性格で、かなり能天気な人だった。なにをするにものんびりし過ぎていて、見ているとたまにイライラしてしまう。

二人は今、八畳の和室で小さなクリスマスツリーの飾りつけをしていた。由布子が「ひさしぶりに二人で飾ろう」と凛花を誘ったのだ。由布子は終始ご機嫌で、鼻歌でジングルベルを歌っている。いっぽう凛花は心ここにあらずで、星形のオーナメントをぼんやり眺めていた。プラスチック製の星は、照明の光を受けてピカピカ輝いている。

なんだか心にぽっかり穴が空き、そこから力がどんどん抜けていく気がした。するべきことは山ほどあるのに、電池が切れてしまったみたいになにも手につかない。

——ほんと、あなたも身の程をわきまえなね。

かつて、千里に言われた言葉。

本当に、彼女の言うとおりだったのかもしれないと、凛花はぼんやり思う。

凛花は母子家庭で母の苦労をずっと間近で見てきた。生活の負荷がすべて母に掛かっていて、幼心（おさなごころ）に父親がいたほうがいいと思っていた。そして、自分は母のようにはなるまいと、心に誓いながら生きてきた。母は貧乏くじを引いてしまったけど、自分はそうならないようにしようとずっと思っていた。

けど、心の中で否定してきた母の人生と同じ道のりを、今の自分は歩いている。

失敗しないため、品行方正に生きなきゃという決意も、遼介を前にしたら無力だった。

それでも十月のあのとき、あそこで起きたことが間違いだったとは思えない。思いたくないのだ。確かに今、大きな不安を抱えてはいるけど、彼とのことについて後悔はしていない。

そして、こうなってみて初めて、母の気持ちがわかったような気がした。

「お母さんは、私を産んで後悔はない？」

ふと長年の疑問が口をついて出てしまった。

「えっ？」

由布子は顔を上げる。彼女は絡まった電飾を解こうと悪戦苦闘していた。

「結婚せずに私を産んだせいで、いろいろ大変だったでしょ。私の面倒を見ながら仕事もして、お母さん、すごく苦労してるなって、ずっと思ってた。後悔したことはない？お腹の中に子供がいるってわかったとき、嫌じゃなかった？」

突然の凛花の質問に、由布子は呆気に取られたような顔をしていた。

しばらくしてから、由布子は「そうねぇ、もうほとんど覚えてないけど……」と前置きしてから、ゆっくりと語り始めた。

「やっぱり、最初はちょっとびっくりしたわね。なにせ初めての経験だったから。困ったなぁ、どうしようかなぁって、お母さんも思ったよ。けど、嫌だとか絶望とか、そういうのは全然なかったなぁ」

「本当に？」

「うん。お母さん、そのとき二十八歳だったんだけど、実はね……」

由布子は自嘲気味にふふふ、と笑ってから言葉を続けた。

「そのとき、もう死んじゃおうかなって思ってたの」

「えっ!? お母さんが?」

心底驚いて、思わず大声を上げてしまう。今の能天気な彼女の姿からは、とても想像できない言葉だったから。

由布子は口に手を当て、もう一度うふふと笑ってから「実はそうなの」とうなずいた。

「いろいろあってね、最愛のお父さんと別れちゃって、もういいかなって。お母さん、本当になんにもない人だったの。お金も仕事もないし、楽しみも趣味もない。やりたいこともやれることも、誇れる学歴も職歴もなぁーんにもなくって、お父さんだけが心の支えだったの。その支えを失って、そのときは絶望のどん底にいたんだよ」

「そうだったんだ……」

「友達もいなかったし、家族とも疎遠だったから、本当に独りぼっちだったしね……」

由布子は電飾を膝に載せながら、追憶に浸るように目を細める。

「だから、あなたがお腹にいるってわかったとき、新しい道が見つかったって思った。絶望でいっぱいの私を、もしかしたらあなたが生かしてくれるかも、あなたの存在がもう一度社会と私を繋いでくれるかもしれないって、そんな風に思ったの」

「初めて知った……」

「ふふ。それにね、この年になって言うのも恥ずかしいんだけど、お父さんのことが大好きなの。今でも大ファンなのよ」

由布子はえへへと笑って、恥ずかしそうに頬を染めた。

「若くして亡くなったから、美化されているところもあるんだけど、その気持ちだけは、やっぱり今も変わらないの。私にとってたった一人の王子さまで、永遠の片思いかな。死ぬまでずっと……」

「そんなに私のお父さんって格好良かったの？」

「そりゃあああもおおおう。超イケメンなだけじゃなくて、凛々しくてたくましくて、背も高くて優しくて、超頭も良くて、女の子たちの憧れの的だったんだからっ！　ああ、思い出すだけで萌え死にそう……」

まるで遼介みたいだと、内心思う。

そんなところまで母親とそっくりなのかと、思わず苦笑が漏れた。

「だけど、子育てってそんなに甘いものなの？　お父さんを愛してるからで、済むものかしら」

凛花の言葉に由布子は急に真顔になり、深刻な様子で言った。

「そうね、全然甘くなかったわ。死ぬほど苦労した。もう二度と思い出したくないレベルで」

「ほら、やっぱり！」

「けど、今となっては本当にいい経験をしたと思ってる。喉元過ぎればなんとやらよ。お母さん、死に物狂いで生きてきたなーみたいな。波瀾万丈怒涛の人生だったわ……」

「私が生まれなければ、そんな苦労もしなくてすんだでしょ？」

「あのね、苦労はしたけど決して不幸じゃなかったよ。今もこうして元気に三食食べて雨露しのげているし、あなたは立派に成長してくれたし、なんかこう達成感があるかな」

「そんなの、こんなボロい家で……」

凛花は古い室内を見回した。築五十年以上経過しているアパートは、壁の一部が崩れていたり、排水管が古くて水漏れしたり、バスルームのボイラーはひと昔前のものだったり、決して快適な暮らしとは言えない。

「今の人は他人と比べすぎるのよ。たぶん、情報が溢れすぎているせいね。そこはあなたたちがとても可哀相だと思うわ」

「……」

「あのね、子供ができると、もう一度人生をなぞれるの。遠足のワクワクとか、夏休みの楽しさとか、クリスマスの興奮なんかを、子供と一緒にもう一度味わえるのよ。そういう楽しさって何物にも代えがたい、最高の贈り物だと思ったわ。神さまからの」

「神さま……」

「そう。お母さん、本当に楽しかった。あなたと一緒にザリガニを捕ったり、キャンプファイヤーを見たり、花火をやったり雪ダルマを作ったり。初めてトカゲにエサもやったし、アニメの最終回も楽しみだった。あなたが自転車に乗れるようになって、いつも川沿いを一緒にサイクリングしたわよね？　あの、一本目の橋のところまで」

「うん。いつもそこで折り返して帰ってきてた」

「そう。あなたがあの橋のもっと向こうまで行ってみたいって言って、一緒に行った日のことをよく覚えているわ。あの橋を過ぎたらなにがあるんだろうって、あなたがすごく興奮してワクワクしてるのが伝わってきて、お母さんもすっごいワクワクした。なにがあるか知ってるのに、まるで未知の世界が広がっているみたいに感じた。そんな風に、あなたの目を通してもう一度世界が輝いて見えるのよ。毎日が驚きと発見の連続だった。尋常じゃない疲労の中でだけど」

「辛くて、疲れて大変だったでしょう？　夜の仕事もしてたし」

「そうね。でも、大変だったけど間違ってないって自信はあったの。あなたなしの人生なんて考えられなかった。なんの特技もない、つまんない人間のお母さんが生み出した、唯一の最高傑作があなたなのよ」

「そんなの……私なんて大したことないじゃない」

「いいえ。あなたはね、やっぱりお父さんに少し似てるの。あなたが成長してどんどん綺麗になっていって、ふとした瞬間にお父さんの面影(おもかげ)が見えるの。変な話だけど……なんだか、切ない気分になってた。あの人はもう亡くなってしまったけど、まだあなたの中に生きてるなって。そのことがうれしいような哀しいような、そんな気持ちになれるのよ」

凛花は思わず自分の頬を手で撫で回す。

「凛花はその人のこと、愛してるの？」

由布子が初めて妊娠の件について聞いてきた。

凛花はとっさに声が出せず、ただうなずく。さらにもう一度強くうなずいた。

「愛っていうのがなんなのかわからないけど……彼のことがとても好き。今までで一番好き」

それを聞いた由布子は、ホッとしたように微笑んだ。

「よかったぁ。凛花が好きな人のことを、ちゃんと好きって言える子で。お母さん、すごく安心した」

凛花は黙ってうなずく。

二人とも熱情に流されてしまったけど、確かに愛し合っていた。でも、いろんな思いが消えない。彼と私は釣り合わない。彼と私は身分が違う。私は彼にとって邪魔な存在だけど彼が好きかと問われれば、とても好きだと答えられる。

だ……

そこだけは、はっきりしていた。

「それでいいのよ。年を取ると知識は増えていくけど、どんどん鈍感になっていくの。自分が本当に欲しいものや、本当にやりたいこと、本当に好きなものがなんなのかわからなくなっていく。損得勘定で生きていくのって、とても寂しいことなのよ。あなたもいずれわかると思う。今のその一番好きっていう気持ちが、生きる強い原動力になると思うな。お母さんは」

「だけど、まだ彼に話せてないの。妊娠のことも……私自身のことも」

「そう。でも、話すしかないね。どんなに格好つけたって、凛花は凛花だもの。ちゃんと全部彼に話して、全部見せるしかないよ。最後の最後はもう、ただ正直になるしかないの」

「……うん」

「大丈夫。なにがあっても、お母さんが全力で凛花を守るから。お母さんまだまだ働けるし、貧乏でも幸せに楽しく暮らす天才だから。お母さんの知識すべてを凛花に伝授してあげる」

由布子はまっすぐ凛花を見て、こう言った。

「産みなさい。お母さんと凛花で、子供を守りましょう」

その言葉に、凛花は背筋がすっと伸びるような力強い気持ちになる。

生まれて初めて見た気がした。由布子の持つ、芯の強さのようなものを。

もしかしたらやっていけるかもしれない。

私は一人じゃない。お母さんみたいに、私にもできるかもしれない。

不安でいっぱいだった心に、一筋の光が差し込んだみたいだった。

そのとき、すぐそこのベランダでチチチ、と鳥の鳴き声がした。振り向くと、二羽の雀がベランダの手すりに止まっている。彼らは番いなのか、くちばしでお互いをつつき合っていた。

「最近よく遊びに来るのよね。だから、お皿にお米を入れてあげてるの」

見ると、ベランダの床にピンク色のお皿が置いてあった。雀は手すりから飛び下り、さっそくお米をついばんでいる。

「雀って、とっても可愛いよねぇ」

由布子は目尻に皺を寄せ、ニコニコしながら言った。

そんな母を見て、不意に熱いものが目の奥から込み上げる。

視界に映る母の笑顔がにじんでぼやけた。

そうだった、思い出した。この人はこういう人だった。昔からずっと……

命に対し、とても温かい眼差し（まなざし）を注ぐ（そそ）人だった。それが一羽の雀（すずめ）でも、カエルでも、金魚でも。小さな命を心から大切に扱う、本当に優しい人なのだ。

「あららら？　凛花、大丈夫？　急にどうしたん？」

両目からボロボロと涙を落とす凛花を見て、由布子が心配そうに顔をのぞき込んできた。

「お母さん、ごめ、ごめん……ごめんなさい……」

凛花は激しく嗚咽（おえつ）しながら、どうにか言葉を続ける。

「私、お母さんのこと……どこか、お、愚かな人だって思ってたの。愚かだから失敗して、わ、私を産む羽目になったんだって……。私、お母さんのこと、どこか見下して、馬鹿にしてた。うまくやれなかったから、きっと苦労して貧乏したんだって……」

「うんうん」

「本当にごめんなさい。愚かだったのは、私のほうだった……ごめんなさい……」

「まぁまぁ、そんなに泣いて。喉が痛くなっちゃうよ」

「わ、わたし、お母さんみたいになりたい……お、お母さんみたいになりたいよっ！」

「大丈夫だって、凛花。あなたはお母さんの子なんだから、大丈夫。嫌でもお母さんみたいになっていくわよ」

「ごめんなさい……」

とめどなく涙が溢れてきて止まらなかった。小さな雀に向けられた、母の優しく澄んだ眼差しに、強く胸を打たれたのだ。

きっとこの人は、今と同じ優しい眼差しで、幼い頃の凛花を見てくれていたはずだ。そしてきっと、お腹の中にいる新たな命も見てくれているに違いない。母の愛情が、とても素晴らしいものに思えた。自分はずっとそれに守られて生きてきたんだ。

凛花は小さな子供みたいに泣きじゃくった。何十年も溜め込んでいた涙を出し尽くすみたいに、わんわん泣き続けた。そんな凛花の肩を抱き、母はよしよしと慰めてくれる。

「そんなに謝らなくてもいいんだよ。お母さんが愚か者だって、本当にそのとおりなんだから。なーんにも謝ることないんだよ」

「そんなこと……だって……」

由布子はいたずらっぽく目を見開いてから、にっこり笑う。

「凛花。愚か者って、すごく幸せなことなのよ。お母さん、凛花に会えるなら、何度人生をやり直しても、喜んで失敗するよ。だって、成功してたら凛花に会えなかったわけでしょ？　ならお母さん、失敗して本当に幸せだったなぁ。失敗してよかった、愚かでよかったって、心から思うよ」

「お母さん……」

「だから、凛花はなにも間違ってないよ。お母さんは馬鹿で、そんな馬鹿でいたいの。

頭がいいのも素晴らしいことだし、馬鹿は馬鹿ですごく幸せなのよ。だから、どっちに転んでも大丈夫！」

真顔で断言した由布子を見て、思わず笑ってしまった。つられて由布子もうれしそうに笑う。

「結婚もできなかったし苦労もしたけど、まったく後悔はしてないの。お母さんの人生、なかなか上出来だぞって、ずっと思ってるから」

そう言って由布子は屈託なく微笑む。

「凛花が失敗してくれて、お母さんは幸せだな。おかげで孫の顔は拝めるし、凛花はこうして帰ってきてくれたし、こんなに深い話までできるなんて……最高か！　失敗最高！　生きててヨカッタ！」

「そんな大げさな……。もう、お母さんってば、いっつも能天気なんだから」

由布子はふふっと笑ったあと、ふと真顔になってこう言った。

「凛花。他の誰でもない、あなたの人生よ」

母の真剣な眼差し(まなざ)と言葉が、身の内を通り抜けてゆく。

失敗してもオーケーなんだと、許された気がした。

地位も名誉もお金も、なにもなくてもいいんだ。

私は私の体一つ持って、小さな命を愛していけばいいんだ。

他でもない私が、私の人生を大切にすればいいんだ。

長らく囚われていた呪縛がゆるゆると解け、涙と一緒に流れていく。

そこには、鈍い痛みを伴ったけれど、自然と最後には受け入れられていた。

自分がこれまで我慢してきたもの、自分がこれまで無理してきたこと、自分がこれまでダメだと思い込んできたものたちに、そっと別れを告げる。

すると虚脱感から一転、腹の底からふつふつと力が湧いてきた。

「今の人は大変なのかもしれないね。あれもダメこれもダメ、あなたのここが悪いあそこが悪いって、周りの人たちがものすごく干渉してくるから。いろんなことを教えてくれるのはいいんだけど……批判するだけじゃない？」

由布子は考え込みながら、言葉を続けた。

「そういう人たちは、誰も出してくれないからね。ちゃんと幸せを掴(つか)みなさいっていう、ＧＯサインを」

その数日後。
凛花は日課である散歩のついでに、スーパーへ買い物に行った。パート勤務の由布

子が帰宅するのは夜の十九時を過ぎるので、家にいる凛花が自然と夕食を作る担当になった。

買い物袋を片手に、川沿いの道を歩く。時刻は夕方の四時過ぎ、辺りには夕闇が迫っていた。

年が明けたら遼介にすべてを打ち明けよう。心から彼に謝罪し、今後のことをどうするか真正面から相談してみよう。

凛花はそんな風に決意を固めていた。

アパートの近くまで来たとき、長身のシルエットが目に入る。凛花は思わず足を止めた。

お洒落（しゃれ）な灰色のチェスターコートを着込み、古いフェンスに寄りかかって、川の流れを見つめている男性。遠目からでも、モデルみたいな抜群のスタイルの良さが見て取れる。背景のひなびた市営住宅のアパートとの落差が強烈で、そこだけやけに非現実的な空間になっていた。

両手をコートのポケットに突っ込み、夕焼けをバックにたたずむ姿は、見惚（みと）れてしまうほど格好よかった。辺りに人気（ひとけ）はなく、川から吹いてきた一陣の風が彼のコートの裾を揺らす。

凛花の鼓動は少しずつ速まり、懐かしいような切ないような、名状しがたい感情の波に襲われる。

……遼介さん。

遼介は凛花の存在には気づかず、物憂げな表情でじっと川面を見つめている。

どうしてだろう？　彼とはもう何度も肌を重ね、いろんな話もした。それなのに、今この瞬間に一目惚れしたみたいな新鮮な気持ちでときめいてしまう。

彼の姿を見つめるだけで、ドキドキして緊張して切なくなって、そんな自分に戸惑った。同時に、やっぱり彼には敵わないのだと、妙な敗北感に見舞われる。

――私にとってたった一人の王子さまで、永遠の片思いかな。死ぬまでずっと……

不意に母の言葉が思い出された。

そうかもしれない。私も同じなのかもしれない。私にとって遼介さんはたった一人の王子さまで、永遠の片思いなのかも……

すると、遼介が視線に気づいたらしく、パッとこちらを振り向いた。立ちすくむ凛花を、遼介は眩しそうに見つめる。そして彼は歩を進め、一メートルほどの空間を空けて立ち止まった。

一か月ぶりに見る彼は、また少し痩せたみたいだ。別荘にいた頃よりエネルギッシュで、どこかせわしない空気を身にまとっていて、彼がもう東京に戻って仕事を始めていることがわかった。

コートの下にダークスーツを着た遼介はいつもよりぐっと洗練され、見違えるほど格好良かった。日本人でこんなにセクシーにスーツを着こなす人は、他にちょっと思いつかない。

どこか緊張しているように小さく深呼吸する遼介を、凛花は馬鹿みたいにドキドキしながら見つめていた。

「今夜は、カレー？」

遼介がいたずらっぽく微笑んで言った。買い物袋からカレールーの箱と人参が見える。

「……そうです。当たり」

凛花はそう言いながら、頬が熱くなるのを感じた。

今の会話で、かつて別荘で暮らしていたときの思い出が怒涛のように押し寄せてくる。

あのときの親密な雰囲気が一瞬で蘇る。そして、彼もまた凛花と同じことを思い出していると、すぐに気づいた。

しばらく会っていなくても、遼介とは一瞬で波長が合ってしまうと、凛花は切ない気持ちで思い知る。

どんなに距離を置いても、どんなに拒絶しても、きっと遼介は凛花の感情を探し当ててしまう。凛花を泣かせるのも笑わせるのも、彼の手にかかればきっと容易いのだろう。

「それはそうと、その……」

遼介は少し困ったように目を逸らしてから、こう言った。

「そりゃあ、当然だよな。あれだけ励んだわけだし」

その言葉に、凛花は思わず噴き出してしまう。

たぶん彼はこう言ってる。そりゃあ、子供ができるのは当然だよな。あれだけセックスに励んだわけだし、と。

いきなりそんなことを言う彼が妙におかしくて、なんの話をしてるのか、わかってしまう自分もおかしくて、凛花はクスクス笑ってしまった。それを見て遼介も笑い、二人の間に張りつめていた緊張の糸がふつりと切れる。

やっぱりダメだなと、凛花は笑いながら少し悲しく思った。

この人を遠ざけるなんて到底無理。もう一度この眼差しに出会えて、声が聞けて、私の心も体も喜びに満ち溢れている。

精悍な顔立ちもやや陰のある瞳も、傲慢なのに繊細でお茶目なところのある性格も、優しくあろうとする誠実なところも、どうしようもなく惹かれてしまう。

大きな流れのようなものに、敗北したと思った。

遼介をどうしようもなく愛しているという事実を前に、凛花は膝を折ってひれ伏すしかない。

どんなに抗っても誤魔化しても、彼なんて好きじゃないと思い込もうとしても、その事実からは逃げられない。もうあきらめて正直になるしかないんだ。いつかお母さんがそう言ったように。

けど、それは心地よい敗北だった。心のどこかでそうするしかないと思っていた流れに、自然と身を任せたような。

「凛花。僕はこうなったことを後悔はしてないし……君に謝罪する気もないんだ。僕らはただ、正しいことをしただけだと思ってる。君は？」

遼介は真剣な表情ではっきりと断言した。

それを見て、頼もしいなと心強い気持ちになる。

彼も本当は困惑しただろうし、混乱しただろう。けど、そんなことはおくびにも出さず、凛花の人生に寄り添おうとしてくれる。誰もが持てるものじゃない。これが彼の誠実さだと思った。

凛花はうなずき「続きは家の中で話しましょう」と、遼介を実家に上がるように誘う。

二人は古い市営住宅の階段を三階まで上り、野川由布子と表札のかかった重い鉄の扉を開けた。

このボロい家を彼に見られるのは、ひどく恥ずかしい。まるで魔法が解けたあとのシンデレラみたいだ。十二時を過ぎたらドレスはボロい服に変わり、豪華な馬車はカボチャに戻って、みすぼらしい娘が姿を現す。そういえば、ガラスの靴を持ってシンデレラを捜しにきた王子さまは、ボロを着た彼女を見てどう思ったんだろう?

凛花はぼんやり考える。

わからない。覚えてない。それについての描写はなかったような気がする。

遼介は玄関で礼儀正しく靴を揃え、促されるまま、入ってすぐのリビングのソファに腰掛けた。脚の長い彼が座ると二人掛けの古いソファがやけに小さく見える。

「見てのとおり、この古い市営住宅が私の実家なんです」

凛花は狭い台所でお茶を煎れつつ、ポツポツと語る。

これまで言えずにいた自分のコンプレックスを、一つ一つ取り出して彼の前に並べていく気分だ。

「うちは母子家庭で、私は婚外子なんです。父親は私が六歳のときに亡くなったらしいですが、顔も知りません。母は週に六日パート勤務をして、どうにか暮らしています。親戚とも疎遠ですし、資産も貯金もなにもありません。私も母もそれぞれ仕事をしながら、どうにか日々を暮らしています」

凛花はそう言いながらトレイにお茶を載せ、遼介のいるリビングまで運んだ。お茶をテーブルに置き、遼介の隣に座って言う。

「こういう話は、もっと早くにしておくべきでしたね」

「いや……それは無理だったと思う。君も感じてると思うけど、あのときの僕らは少し特殊な状態だったから」

「順番が逆になってしまって、ごめんなさい」

「君が謝ることじゃないよ。それに僕は順番が逆になろうが関係ないと思ってる。君の生い立ちがどうであれ、僕にとっては、君との繋がりが重要だと思ってるから」

「ごめんなさい。私のほうが少し現実的です。私はそんな風に、ただ繋がりだけを信じることができません……」

「千里のことなら全部聞いたよ。失礼なことを言って君を傷つけたこと、本当に申し訳なかった。彼女は別れたあとも、ストーカーみたいに僕の周りを嗅ぎ回っていてね。もっと早く、はっきり手を打っておけばよかったと後悔したよ。まさか、君にまで害を及ぼすとは予想できなかったんだ。もう二度と君には近づかせない」

遼介は強い力を湛えた瞳で、そう断言した。

「君のことは僕が絶対に守るから……」

「そんなんじゃないんです。千里さんが悪いとか、そういう問題じゃないんです」

凛花は遼介の言葉を遮って、絞り出すように言葉を続ける。

「全部、私自身の問題なんです。私に自信があれば、千里さんになにを言われても気にしなかったと思います。周りにどう評価されようが、どんな困難があろうが、あなたとの繋がりを信じていられたと思うんです」

「しかし……」

「本当は、この話はしたくないんです。できることなら、あなたには知られたくない。知られずにすむならそのままでいたいと思っていました。けど、状況が変わってしまったので、お話しします。本当にくだらない話なんです」

もう毒を食らわば皿までだ。正直にあらいざらい告白しようと腹を決める。

私のすべてを見せて、もし彼が幻滅するようなら……そのときは……そのときは辛いけど受け入れるしかない。

ここまできたらもう、ただ正直になるしかないんだ。お母さんが言ったように。

凛花は覚悟を決めて話し始めた。

◇◇◇

時は少し遡り、礼子との話を終えて帰宅した遼介は、急いで仕事の調整を始めた。

納期を先に延ばせるものはうしろ倒しにし、比較的優先度の低いものはキャンセルし、立て続けに関係者へ謝罪の電話を掛けた。急ぎのメールだけすべて返信し、それ以外の問い合わせは来週に回答すると返信する。

凛花と話をするためには、最低でも丸二日、自由な時間が必要だ。

遼介は大急ぎでスケジュールを調整しながら、凛花へと思いを馳せる。

彼女になにを言われても、すべて受け入れるつもりだった。同時に、彼女に拒絶されても絶対にあきらめず、ありのままの君を愛していると伝えるつもりだった。

自分にできることならなんでもしようと覚悟を決める。

そうして、翌十二月二十日。朝からいくつかの用事を済ませ、車で一路、凛花の実家のある栃木県に向かった。

しかし、ようやく訪ねた野川家は留守だった。仕方なく建物の前で待っていると、ちょうどそこへ凛花が買い物から帰ってきたのだ。

凛花の実家は古い市営住宅だった。建物は古いけれど隅々まで掃除されていて居心地がいい。こぢんまりとしたセンスのよい家具は丁寧に磨かれ、大切に使われてきたのが見て取れた。

まるで彼女みたいだなと、遼介は思う。

綺麗で、丁寧で、きちんとして……

凛花の顔色はよく、元気そうだった。相変わらずおっとりした感じで、遼介を見ても大して驚きもせず、遼介の冗談に楽しそうに笑ってくれた。

あの家で流れていた親密な空気が、二人の間でまだ潰えてないことがわかって、本当にうれしかった。思わず川に向かって叫びたかったぐらいだ。

リビングのソファに座りながら、遼介は深く安堵していた。

凛花が元気そうでよかった。以前と同じように話もできたし、遼介のことを嫌がっている様子もないみたいだ。

これから聞かされる話がなんであれ、遼介の気持ちは変わらない。それだけは断言できる。

遼介は黙って、彼女の言葉を待った。

隣に座った凛花は一口お茶を呑むと、意を決したように話し始めた。

「最初に言っておくと、私は遼介さんと釣り合うような人間じゃないんです。性格も家柄もなにもかも」

「釣り合うとか釣り合わないとか、関係ないだろ。一番大切なのは僕らの気持ちだと思うけど」

思わず強い口調で言い返してしまう。

凛花は小さく首を横に振り、言葉を続けた。

「見てのとおり、うちはすごく貧乏なんです。母は未婚で私を産んで、とても苦労していました。だから、ずっと母みたいになりたくないなと思っていたんです。今思えば、しっかり自立しなきゃ、しっかり働かなくちゃって、いつも自分を追い込んでたな」

そう言って凛花は窓の外を見つめる。

「学校へは、可能な限りバイトをして、奨学金をもらいながら通いました。友達が楽しそうに遊んでいるのを横目で見ながら、必死に働いて勉強してきました。私は甘ったれた彼女たちとは違う、私のほうが頑張ってるから偉いんだと思うことで、心のバランスを保ってたんだと思います」

遼介は無言でうなずく。凛花は遼介のほうに視線を戻し、さらに続けた。

「けど、そんな風に歯を食いしばっているうちに、温かいものがどんどん失われていきました。心が硬くなっていって、仕事とか収入とかにしがみつくようになりました。すごく臆病になって、社会からこぼれ落ちるのが怖くて堪らなくなるんです。そういう気持ち、わかりますか?」

「……わかるような気がする。君はずっと仕事を大切にしていたね」

そう言いながら、遼介の胸は嫌な感じでドキドキしていた。

彼女の母親は未婚で凛花を産んだ。凛花は長らくそんな母親の人生を否定しながら生きてきたらしい。

母親と同じ道を辿らないように、いろいろなものを背負い、自分を限界まで追い込んで……

それなのに、彼女もまた未婚で妊娠してしまったのだ。自分のせいで、彼女がずっと忌避していた状態に追いやってしまった。

合意の上だったとはいえ、遼介に配慮が足りなかったのは間違いない。

「千里さんに言われたんです。身の程をわきまえろって。遼介さんの邪魔になるだけだからって。本当にそのとおりだと思いました」

「あの女の言うことなんて気にしなくていい。彼女の目的は、僕らの関係を邪魔することだ。身の程をわきまえるべきなのは彼女のほうで……」

「いいんです。わかってますよ、それくらい」

凛花は遼介に微笑み、さらに言う。

「けど、一理あるなと思いました。やっぱりあなたと私は社会的な立場が違う。それは千里さんに会う前からずっと感じていたことなんです。愛とか繋がりとかそういうのを置いといて、立場の違いってあるでしょう？　誰にでも」

「それは、そうだが……」

「あなたに同棲しようって言われたとき、怖くなりました」

凛花はそう言ってまぶたを伏せ、視線を横に滑らせる。そしてテーブルに置かれた湯呑みを、ほっそりした両手で包み込んだ。

「あなたと一緒にいたいと思えば思うほど、未来が怖かった。いつかあなたの情熱が冷めて、捨てられるのが怖かった。そのときに職も家も失うなんて、耐えられないと思ったんです」

彼女は繰り返し「怖かった」と過去形で言いながら、どこか吹っ切れたような顔をしている。

むしろ遼介にとってはそのことのほうが怖かった。

もうあなたは必要ないのと、宣告されそうで……

「だけどそれって、私の問題なんだと思いました。たとえ相手があなたじゃなかったとしても、未来が怖くて逃げ続けてたら、なにもできないじゃないですか。結局のところ、自分の問題を乗り越えないことには、なんにもできないんだって気づいたんです」

そんなことはない、考えすぎだよ。

もっと軽く考えて、うまくやろう。

そんな言葉が、喉元まで出かかる。しかし、遼介はどうにかそれらを呑み込んだ。彼女が必死で言葉にしようとしていることを、そんな風にあしらうべきじゃない。

凛花は視線を上げ、まっすぐ遼介を見つめてきた。

「あなたにずっと謝りたかったんです。あなたの好意を……愛情を、素直に受け取れる勇気がなくて、ごめんなさい。あのときの私は臆病で余裕がなくて、自分のことしか考えられなかったんです。……本当にごめんなさい」

最後のほうは弱々しくなり、涙声になった。

遼介は「僕のほうこそ」とか、もごもご言いながらも、彼女から目が離せない。

凛花は華奢な肩を震わせて、なにかを堪えるように眉根を寄せる。やがて、小さな声を絞り出した。

「あなたのことが好きです。とても」

言葉と同時に、彼女の目頭から涙の粒がポロッと落ちる。その雫は滑らかな頬を辿り、顎先で止まった。

遼介は息を呑んで、その透明にきらめく雫に見入る。

「あなたの持っている私のイメージを、壊したくなかった。あなたの抱いている野川凛花という幻想は……実は貧乏でコンプレックスの塊な上に、それらを知られたくないと取り繕う、情けなくてダサい人間だったんです。いつか本性がバレて、あなたに捨てられるのが耐えられず、保身だけを考えて逃げ出した、ただの臆病者です」

凛花は一息にそう告げて、子供の泣き顔みたいに顔をくしゃくしゃにした。

「私は、こんなに弱くて情けない自分が大嫌いです。もっと強くなりたかった。あなたをずっと好きでいたかった。なににも邪魔されず、ただまっすぐあなたを愛したかった。そんな無邪気な人になりたかったんです」

彼女の嗚咽まじりの声は、遼介の心を激しく揺さぶった。

彼女の言うとおりだと思う。

確かに遼介は、凛花に対してあらぬ幻想を抱いていたのかもしれない。自らのことを語らず、遼介の心にそっと寄り添ってくれる姿に、聖母のように優しく神秘的な印象を持った。そして、それとは真逆の淫靡でミステリアスな姿に惹かれた。仕事をまっとうしようとする姿勢を尊敬したし、噂や醜聞に流されない強さに人として憧れを感じた。しかし、実際の彼女はどうだろう？　そんな強さとは程遠い、たくさんの重荷を抱え今にも倒れてしまいそうな、傷つきやすい一人の無力な女性だった。

目の前で幼子みたいに泣きじゃくる彼女は、もうなにも取り繕ってはいなかった。

魂までをも丸裸にして、遼介の目の前に無数の傷をさらしている。

人は恋をすると、こんなにも丸裸にされるのか。自分も、凛花も。あらゆる虚飾もステータスも無効になって、こんなにもすべてをさらけ出さないといけないのか。

互いにうまく仮面を被って、誤魔化すことはできないのか？

だが、それは不可避なんだろうと、遼介の中で結論は出ていた。

そうだ。ここが遼介の正念場なのだ。

凛花はすべてをさらけ出して、遼介に弱さを見せてくれた。ここで遼介が、自分に嘘を吐いたり体面を気にして取り繕ったりしたら、きっと一生後悔し続けることになるに違いない。

重要な局面というのは本能的にわかる。今遼介は、間違いなく人生の岐路に立っていた。

――追いついて、寄り添って、頭をフル回転させて、もっともっともっと本気で理解しようとなさい。

叔母の言葉が思い出される。

どうすればいい？　どう言えば、彼女の心を取り戻せる？　彼女に追いついて、寄り添うにはどうすれば……

遼介はどうにかして想いを伝えようと、口を開いた。

「正直、どう言えばいいのかわからない。だから僕も……感じたことを、ありのまま言うよ」

遼介の言葉に、凜花は涙に濡れた目を上げた。

「僕も同じだよ。家柄とか職歴とかステータスとかで自分を飾って、僕より上の奴はいないと、無意識の内に周囲を見下していたんだと思う」

「そんなこと……」

「君は僕をなんでも持ってると言うけど、僕のほうこそなんにもないよ。自分自身ではない別のなにか……権力とか地位とか資産にしがみついて、僕は強いんだぞと躍起になってアピールしてた。誰にも負けたくなかったし、負けるのが怖かったんだ」

凜花は食い入るようにこちらを見つめている。

「ずっとハードだった」

そう言ってから、しっくりくる言葉だと思った。遼介はもう一度同じ言葉を繰り返す。

「ずっと、すごくハードだった。それが何歳ぐらいからだったのか、もう覚えてない。たぶん大学院に行った辺りからだったと思う。上っ面だけの世界で……言いたくもないことを言って、やりたくもないことをたくさんやってきた。そこに一パーセントくらいは僕の夢や真にやりたかったことがあったと思う。けど、残りの九十九パーセントは偽りだらけだった。これでいいんだ、仕方ないって、きっといつかって、ずっと言い聞かせて生きてきた」

ここまで誰かに自分の内面を吐露したのは初めてだった。

「ビジネスの世界は競争であり、戦争なんだ。そこに人間らしさなんて必要ない。僕は、自然と僕らしさを犠牲にして、勝つことに集中した。事業が拡大し、マスメディアに露出するようになってからは、ますますハードになっていった。でも、キツイなんて誰にも言えなかった。初めて、君に話したよ」

凛花は小さくうなずく。

「君と出会うまでは収入が増えても、人脈が広がっても、どんな恋愛をしても、少しも楽にはならなかった。だけど、一つだけ救いがあったんだ。僕には昭彦という戦友がいて、どんな苦楽もともにしてきた。昭彦と同じハードさを共有していたことで、ちょっと紛れたんだ。人を騙したり傷つけたりする罪悪感とか、やりたくもないことをやっている徒労感とか、大切なものが消えていく喪失感が……」

凛花は、遼介と昭彦に起こったことを知っている。言葉にできない悲しさも。

「僕も、君が好きだよ。君がどんなに君自身を恥じていても、君の弱さが、そのもろさが、すべてを話してくれた誠実さが、大好きだ」

自分も、誠実であればいいのにと願う。自分も、凛花みたいに正直でありたい。自分の中の軽薄さが消えてなくなって、君にこの想いが届きますように。

葛藤がないといえば嘘になる。彼女を愛しく思う気持ちと、彼女が忌避したかった状況で妊娠させてしまった罪悪感とがぶつかり合う。けど、子供ができたことを間違いだと思いたくない。

やっぱり僕は……

「君を……愛してるんだ」

遼介の一世一代の告白だった。

遼介は首を伸ばし、想いを込めて彼女の頬にキスをした。唇が彼女の涙で少し濡れる。

「順番が逆になってしまったけど、僕の気持ちはずっと変わらない。むしろ、以前より強くなっている。お願いだ、君の傍から僕を遠ざけないで欲しい。君とお腹の子供と一緒に生きていきたい。もし、君たちまで失ったら……」

想像したら胸が冷えて、続きは言葉にならなかった。

遼介は自分の弱さに対して自嘲気味に笑う。

「たぶん君が思っている以上に、僕は独りぼっちなんだ」

ゆっくりと凛花の手が伸びてきて、テーブルに置かれた遼介の手をそっと握る。

彼女は少し困ったように眉尻を下げ、濡れた瞳でこちらをのぞき込んでいた。

「本当はもっと別の話をしたいんだ。新居はどうするとか、ベビーベッドをどこに置こうとか、名前はなににしようかとか、そういう話」

凛花はうれしそうに微笑む。

遼介はかなりの緊張を持って、次の言葉を発した。

「凛花、僕の奥さんになってくれる？」

「……はい」

凛花はしっかりとうなずいてくれた。

その少し恥ずかしそうな表情を見て、遼介は安堵でテーブルに突っ伏した。

「あの、遼介さん……大丈夫ですか？」

「だ、大丈夫。ちょっと……力が抜けちゃって」

ソファからずるずると床へ滑り落ちた遼介を見て、凛花がクスクス笑う。

「君が仕事を辞めたって聞いたから、ヤバイ、これは本気で説得しないと君は戻ってこないかもしれないって、焦った」

遼介の言葉に、凛花は目を丸くした。

「辞めた？　いえ、仕事は辞めてませんけど？」

「えっ⁉　叔母さんは辞めたって言ってたけど……」

「正確には休職中なんです。特例措置だとは思うんですけど」

「なるほど……」

まったく。結局、なにもかもあの人の思惑どおりに進んだってわけか。僕を焦らせて、凛花の実家へ走らせるために嘘を吐いたんだな。まぁ、結果オーライだからいいか。

けど、これで終わりじゃないぞ。いろいろグダグダだった自分だけど、ささやかながら経験値だけは積んでいる。

遼介はソファに脱ぎ捨てたコートのポケットから小さな箱を取り出した。そのまま床にひざまずき、彼女に向かって箱のふたを開けてみせる。

凛花が驚いたように目を丸くした。

中にはダイヤモンドのリングが光っている。

「どうか、受け取ってください」

遼介はこれ以上ないくらい真剣に告げた。

「いいんですか？」

凛花が呆然としたまま口を開く。

「もちろんだ。あまりスマートにできなくて不甲斐ないんだけど、これが現時点で僕ができる精一杯なんだ」

遼介が言うと、凛花はリングをつまんで左手の薬指に嵌(は)めて見せた。どうやらサイズはぴったりだったようだ。細い指にシンプルなリングが上品に光っている。

「よかった。君が遠慮して受け取ってくれなかったら、どうしようかと思ったよ」

それを聞くと、凛花は泣き笑いで言った。

「私、決めたんです。もっと素直になろうって。遼介さんの気持ちを受け取るのに、躊躇(ちゅうちょ)するのはやめようって」

遼介は愛しさで胸がいっぱいになり、想いを込めて彼女を抱きしめた。

凛花がプロポーズを受け入れた後、遼介と二人でいろいろ話し合っていたら、いつの間にか夜になっていた。そこへ、仕事を終えた由布子が帰ってくる。

母は能天気に見えて礼儀作法には結構うるさい人だから、どうなることかと思ったら……

凛花は遼介の土下座を思い出し、噴き出しそうになる。

あんなにすごい勢いの土下座を見たのは、あれが最初で最後かも。

意外なことに由布子は遼介を歓迎してくれた。最初こそ冷ややかな視線だったものの、必死で頭を下げて弁明する遼介の姿を見て、心を動かされたらしい。最後には「ぜひ泊まっていって」と遼介を引き止め、三人で一晩中いろんな話をした。

凛花のアルバムを見せながら過去の話をしたり、お腹の子供の母子手帳を見せて現在の話をしたり、新居や結婚式をどうするかといった未来の話をしたりした。

母と遼介が意気投合する様子を見て、凛花は本当によかったなと、思う。

「遼介さんって凛花のパパによく似てるわ。パパも超イケメンで超ハイスペックな人だったんだから！」

夜寝る前に、由布子がこっそり耳打ちしてきた。

由布子が二人の結婚を応援してくれたのがなにより心強かったし、この人の娘に生まれてよかったと心から思った。


遼介は口だけでなく、本当に行動力と機動力のある人だった。

里帰り出産を希望した凛花のために、実家のすぐ近くにある綺麗なマンションの部屋を速攻で契約し、あっという間に引っ越し業者を手配してくれた。しかも、凛花がマタニティ教室に通っている間に、必要な家財道具一式をすべて運び入れ、出産して落ち着くまでの二人の住まいが完成していた。

荻窪のアパートはいずれ引き払うけど、ひとまず、新居はゆっくり決めることになった。出産したらしばらく身動きが取れなくなるけど、由布子も礼子もいるし、遼介は凛花以上にテキパキと動いてくれるから非常に頼もしかった。

遼介は復帰して生き生きとエネルギッシュに仕事をしていた。

今も彼の無罪が完全に証明されたわけではない。けれど暴露本を出版したおかげか、この頃、世間の風向きが変わってきたのを感じる。

今では、あの事件は冤罪だったという意見のほうが多いくらいだ。

そんな中、遼介のもとにはネットでの誹謗中傷や炎上に関する相談や、講演の依頼が増えてきていた。現金なもので、メディアからのオファーもちらほらきているようだ。

昔のタレント時代から輝いていた人だけど、今の彼はさらに磨きがかかったような気がする。あの事件によって遼介はさらに強くしなやかに成長したのだ。仕事の幅はさらに広がり、軌道に乗ってきている。最近では、冤罪で苦しんでいる人たちを支援する活動にも積極的に参加していた。

そうして忙しく働きながらも、遼介は今までの仕事人間から一転、スケジュールをうまく調整して家族をなにより優先してくれるようになった。

「僕が父親になるのかと思うとなんだか緊張するけど、それ以上に楽しみなんだ。子供が大きくなったら、一緒にキャンプをしたり釣りをしたり、山登りをしたりしたい。もっと大きくなったらスキューバダイビングやロッククライミング、スノーボードも教えてやりたい。休日は家族で世界中の都市を見て回りたいんだ」

遼介は目を輝かせてそう語った。行ったことのない都市に行くのは楽しみだし、早くそういう日が来て欲しいと凜花も思う。

仕事は結局、退職することにした。新居を探したり結婚式の準備をしたり、自由になる時間が欲しかった。今は、仕事を頑張るより、生まれてくる子供にとってなにが一番幸せか、家族の人生を豊かにする方法を考えたい。凜花は案外、専業主婦に向いているのかもしれない。けど、いずれまた介護職に復帰しようと思っている。

「凜花ちゃんならいつでも歓迎よ！　うちは働くママをサポートする会社だから、安心して復帰してね」

礼子はそう言って、悪巧みをするように口角を上げた。

「若御門家のほうは私に任せなさい。最悪、婚姻届を出しちゃったもん勝ちだから！頭の固いうるさい連中だって、跡継ぎが産まれればピタリと黙るわよ。そのためにも凜花ちゃん、気合入れて元気な赤ちゃんを産みなさいね。叔母さん、めっちゃ応援してるから♪」

このところ、本当にたくさんの人に支えられ、応援されているのを感じた。

家族の皆がお腹の子供を守るために奔走してくれる。そんな経験がこれまでなかったから、本当にうれしかった。一人で生きていくことはできないと痛感したし、甘えさせてくれる遼介や母、礼子に、いつか必ず恩返しがしたいと思う。

考え方とともに生き方が変わり、背負っていた重荷が軽くなったような解放感があった。おかげで、毎日をウキウキと楽しい気分で暮らしている。これまでの自分はやっぱり無理してたんだなぁと実感した。こんなに明るく健全な状態で出産までの時間を過ごせるなんて、少し前の自分には考えられないことだ。

――お母さんの知識すべてを凛花に伝授してあげる。

あのとき、お母さんから私が受け取ったもの……

それは目に見えない自分自身の軸のようなものだった。貧しくても富んでいても、たった独りになったとしても、誰になにを言われようともブレない、芯のようなもの。しなやかで柔軟で、どんな状況にも耐えられる強さがあるまっすぐな芯――家族に対する素朴な愛と、なにかを信じる力を渡してくれたのだ。

もう一度、この世界を優しい眼差しで見ることができて、心からよかったと思った。

きっと、どうにかなる。

弱音や愚痴を吐きまくって失敗しながらでも、なんとか生きていける。なんのステータスもない丸裸の自分にこそ、みなぎる力強さがあるんだと知った。

ようやく準備ができたと思った。

遼介の愛情を、迷いなく躊躇せず、しっかりと受け止める準備が。

すごく時間が掛かったけど、自分はやっと彼を愛する一人の女性になれたんだ。

実家近くに借りたマンションの一室で、凛花は憂いなく毎日暮らしていた。

四季の移り変わりや自然の流れを感じられるように、なるべく一日をゆったり過ごそうと心がけている。幸いこの辺りは市内でも特に緑が多く、穏やかに過ごすには最適な環境だった。

妊娠五か月に入った凛花のお腹はだいぶ膨らんできて、一目見て妊婦だとわかるようになった。母子ともに健康で、最近は胎動を感じるたびに満ち足りた気分になる。

明日から遼介が連休ということもあり、凛花が作った豪華な夕食を二人で食べた後、リビングでリラックスした時間を過ごしていた。

二人はゆったりしたソファに並んで座り、テレビの大画面が映し出す洋画を観ていた。

遼介のたくましい腕は凛花の肩に回され、反対側の手は凛花のお腹を優しく撫でている。

しかし、凛花はどうにも映画に集中できないでいた。

遼介の形のいい唇が、耳元に寄せられ甘くささやく。

「凛花、好きだよ」

ゾクゾクッと、耳のうしろが痺(しび)れた。

「今日も一日中、君のことを考えてた。早く君に会いたくて、君とキスしたくて、君のことで頭がいっぱいだった」

彼はささやきながら、頬に、こめかみに、耳たぶに、甘いキスを降らせていく。

お腹を包む大きな手のぬくもりと相まって、次第に頭がポーッとなってきた。

「大好きだよ……」

鼓膜をくすぐるような低音に、うっとりと聞き惚れてしまう。

セクシーな気分が高まり、体が熱くなってきた。これでは、映画どころではない。

「りょ、りょうすけさん、あのちょっと待って……」

体をずらして逃げようとすると、予想外に強い力で抱き寄せられてしまう。気づけば、彼の厚い胸板に寄り掛かるみたいな体勢になっていた。

「凛花……」

熱を帯びた美しい声に、つい彼のほうを向いてしまう。

待ち構えていた遼介が顔を寄せてきた。唇と唇が擦れ合った瞬間、凛花の肩がピクンと跳ねる。

「んっ……」

切なくなるほど、優しいキスだった。

唇の表面が羽毛みたいに柔らかく触れ合い、そっとついばまれる。唇を通して慈しむような感情が流れ込んできて、凜花の胸は幸せでいっぱいになった。

「好きだよ、凜花。大好きだ……」

惜しみない言葉で愛をささやかれながら、唇を何度もついばまれる。

チュ、チュッと音を立て、互いに微笑み合う子供みたいなキスだ。

しかし、だんだんとその口づけは濃厚になってくる。

唇を少し開け、凜花は遼介の舌を迎え入れた。舌は大胆に口腔深く侵入してくる。上顎の粘膜をこそこそとくすぐられ、甘い刺激が下腹部へ流れた。舌の動きでなされる遼介からの呼びかけに、凜花も応える。

凜花、好きだよ……

ひどく優しい舌の愛撫で、彼の想いが伝わってくる。胸がきゅぅっと絞られるような心地で、凜花は彼を深く受け入れた。

密着して、合わせた舌のざらりとした感触が心地よい。互いの唾液が混じり合い、ハチミツみたいにとろりと喉を潤した。

キスをしながら遼介の手がニットの裾から入り込み、ブラジャーのホックがプツッと外される。ひんやりした親指が、乳房の頂にある蕾にそっと触れた。

「んんっ……」

親指でゆっくりと胸の蕾を愛撫され、痺れるような微電流が下腹部に流れる。次第に蕾は果物の種みたいに硬くなった。

「凛花、愛してるよ……」

艶のある声に、我を忘れてしまう。

ディープなキスをしながら胸の蕾をいやらしく攻められ、四肢を震わせながら恍惚となった。気づくとスカートを脱がされ、遼介の指にショーツを引っ張られている。いつの間に……と驚いているうちに、一気にショーツが引き下ろされて左足首に引っ掛かった。

すぐにニットも剥ぎ取られてしまう。遼介はたくましい腕で全裸になった凛花を抱え上げ、寝室のベッドにそっと下ろした。寝室はリビングの灯りが漏れ、お互いの表情がわかるくらいに充分な明るさがある。乾いたシーツは石鹸の清潔な香りがし、空調はちょうどよい湿度と温度が保たれていた。

「映画を観てたのに……」

凛花が不満を述べると、遼介はドキッとするほど真剣な眼差しで見つめてきた。

「……君を愛したいんだ」

少し苦しげで真剣な声音に、凛花の胸は痛いほど高鳴り、なにも言えなくなってしまう。

遼介が着ている服を脱ぎ捨てると、筋骨隆々(きんこつりゅうりゅう)な体躯が現れる。そして、凛花のお腹を気遣いながら、優しく組み敷いてきた。

「本当に大丈夫なのか？」

遼介が遠慮がちに問う。

凛花はうなずいて「大丈夫だよ」と答えた。通っている産婦人科の医師に、愛し合う許可はもらっている。

「リラックス効果とかもあるから、安定期にそういうの……いいみたい」

下から見上げる遼介が男らしくて好きだ。シャープなフェイスラインと突き出た喉仏(のどぼとけ)がものすごくセクシーで、凛花を見下ろす涼しげな瞳にもときめいてしまう。

彼にこうして組み敷かれると、彼の所有物になったみたいな気分になるのがうれしかった。

「無理はさせたくないんだ。優しくするから」

「……はい」

ちょうど腿(もも)の辺りに、彼の怒張したものが当たっている。その温かさとペタリとした感触を懐かしく感じた。

彼の指先が下りて、凛花の柔らかな花びらに触れる。

「あっ……もう……？」

凛花はとっさに恥じらいの声を上げた。そこはすでに温かく濡れて、蜜が滴っている。ひさしぶりの挿入への期待に心も体も悦んでいた。

秘所をくすぐられながら、二人の唇がふたたび重なる。すごくソフトなキスと、秘所をまさぐる指の繊細な動きに、意識は恍惚となった。股間から送られる快感が、背骨から全身へ伝わっていく。

遼介さん、大好き……

舌を深く絡めて一つになり、徐々に肉体が官能に染まっていく……

「もっととろけさせてあげるから……」

そう言うと、遼介の体が下へ移動していった。あっと思ったときには、太腿の間に顔を埋められ、生温かい息が秘所にふわりとかかる。

「あ、ちょっと……」

すぐに彼の熱い舌が、秘所の割れ目をぬるりと舐め上げた。たちまち白い四肢がピクンッと跳ねる。

「んんっ……！　くすぐったい……」

遼介は花びらをつまんで開き、溢れた蜜を啜り上げた。舌先が割れ目に沿って這い、尖った肉芽を執拗に舐め、蜜口の周りをじわじわなぞる。

凛花の息は荒くなり、腰が痙攣した。喘ぎながら、遼介が与えてくる淫らな拷問に耐える。

溢れた蜜を啜り、秘裂を舐め回す淫靡な音が鼓膜を刺激する。じゅわじゅわっと膣襞から次々と蜜が分泌され、とろとろになった入り口から、たらりとこぼれた。

骨ばった遼介の手が太腿をぐいっと押し開く。花びらは開かれて秘裂は露わになり、長い舌がずるりと蜜壺へ侵入してきた。

「あぅっ……」

ぬらぬらした舌が、濡れた肉襞をずるりと擦り上げる。痺れるような快感で腰が震えた。

「りょ、遼介さんっ……あっ……すぐに、とろけちゃうっ……」

彼の熱い息が陰毛を揺らす。唾液を擦りつけるみたいに舌で肉芽を愛撫され、そろそろと舌を挿し入れられる。蜜がとめどなく溢れシーツを濡らしていった。

気持ちよすぎて四肢がわななき、膣の粘膜はとろとろにとろけた。

脈拍が上がり、息は荒くなり、肌が熱を帯びる。

蜜口は絶え間ない刺激でぐちゃぐちゃに潤み、挿入を待ちきれずひとりでに膣がひくついた。

「はぁっ、はっ」

凛花の唇から、切ない吐息が漏れる。

存分に秘所をとろけさせた遼介は、おもむろに体を起こして手の甲で唇をぐいっと拭う。そして大きな手のひらを、凛花の膨らんだお腹に当てた。

遼介にお腹を優しく撫でられ、温かい気持ちになる。彼はまるでお腹の子供に話しかけるように唇を寄せた。

「……好きだよ」

遼介はまぶたを伏せ、お臍の下の丸みへゆっくりとキスを落とした。

無事に生まれてきますように。

幸福な人生が歩めますように。

彼の祈りが聞こえてくるみたいだった。

そのどこか神秘的な光景に、息をするのも忘れて見入る。

口づけをする彼は、敬虔な神の信徒の如き気高さがあった。

「ありがとう」

凛花の口から自然と感謝の言葉が出る。

「大丈夫？」

心配性の遼介は重ねて聞いてきた。凛花はもう一度「大丈夫」とうなずく。

彼はがちがちに硬くなったものを花びらに押し当てると、ゆっくり中に入ってきた。

肉襞を優しく割り広げられる感覚に、うっとりしてしまう。

ひさしぶりに感じる彼の熱い昂(たかぶ)りは、雄々しくて力強い。愛しさが込み上げ、その気持ちに呼応してお臍(へそ)の下がきゅんとなり、彼のものをゆるく締めつけた。

寄せては返すさざ波のように、彼のものがゆっくりと前後に滑る。彼はとろけるキスをしながら、優しく奥を突いてきた。

じわじわと腰を動かしながら、遼介は満足げなため息を漏(も)らす。

「凛花、ごめん。ひさしぶり過ぎて……長く、もたないかも」

「はい」

「君の中……すごく、好きだ。柔(やわ)らかくて、あったかくて、すごくいい……」

「あっ……はい」

遼介はお腹に強い衝撃を与えないよう、慎重に腰を前後させた。

愛情に溢(あふ)れたスローなセックスに、心も体もうっとりと酔いしれていく。

ぴったりと陰部を重ね合わせつつ、お互いの快感を押し上げていった。ゆりかごみたく上下に揺さぶられながら奥まで甘く貫かれ、その気持ちよさに背骨まで痺(しび)れた。

「あっ……き、気持ちよくて、私……」

静かに絶頂を迎えると同時に、お腹の奥で彼の熱が爆(は)ぜた。

「っ……愛してる……」

遼介が苦しげにささやく。

まぶたの裏側で白い光がきらめき、愛しい気持ちで彼を受け入れる。

遼介は屈強な体躯を震わせて、凛花の横にゆっくりと倒れ込んだ。たくましい肩で息をし、熱いくらいに体温が上がっている。

彼は首だけ横に向けて凛花に言った。

「もう少し、このままでいい？」

彼のものはまだ凛花の中にあって、二人は繋がったままだ。

「いいですよ」

そう言って微笑むと、遼介は眩しそうに目を細める。

こういうときの、遼介の顔が大好きだった。

彼への愛しさが胸いっぱいに溢れ、目頭が熱くなる。

あなたを愛してる。

たぶん、何度人生をやり直しても、私はあなたを好きになる。あなたの心も体もなにもかもすべてが、愛しくて切なくて堪らないの。言葉では伝えられないぐらいに。

どうしようもなく溢れる気持ちをうまく言葉にできず、凛花は首を伸ばして彼の頬にそっと口づけを落とす。

それだけで気持ちが伝わったみたいに、遼介が柔らかく微笑んだ。

「凛花、泣いてるの？」

遼介は人差し指で、凛花の頬を流れる涙を拭った。

「うん。なんか……幸せで」

彼の指の感触を心地よく感じながら、凛花は微笑む。

そのとき、ボコンッとお腹の内側から衝撃が伝わってきた。

「あ。蹴った！」

そう言ってお腹を押さえると、彼も驚いたように目を丸くしていた。

まるでお腹の子供が二人の会話に答えてくれたようで、うれしい気持ちになる。

凛花と遼介は顔を見合わせ、幸せそうに微笑み合った。

書き下ろし番外編

君とずっと思い出を重ねていく

「あのときもちょうど、今ぐらいの季節だったね」

不意に放たれた遼介のつぶやきに、凛花は思わず足を止める。

凛花の履いたレザーブーツが、からし色の落ち葉を踏みしめ、カサッと小さく鳴った。

ちょうど今、凛花もまったく同じことを考えていたのだ。

そのことを彼に伝えたくて顔を上げると、遠い追憶に耽（ふけ）る端整な横顔があった。

「今でもときどき思い出すんだ。あの場所での、あの時間は、なにか……特別だった。僕の人生にとってあれが一番特別な瞬間で、あとにも先にも二度と訪れないいんだろう」

遼介は目を細めて進行方向を見つめ、こう付け足した。

「そしてたぶん君とじゃなきゃ、訪れなかったんじゃないかって」

……そうだね。私にとっても、あのときは特別だった。非日常的で非現実的な、幻想みたいな時間が、ゆっくり流れていたような……

そう口にする代わりに、凛花は小さくうなずく。

今でもありありと思い出すことができた。

山腹に深く生い茂った木々のざわめき。大地を潤すように蕭々と降り注ぐ雨。愛おしい肌のぬくもりと、すぐそばにあるお互いの息遣い。

徐々に秋は深まり、しっとりと木々の葉が色づいていき、時折、雲間から漏れる陽光がまぶたを刺し、その瞬間だけ現実に引き戻された。

たしかにあれほど特別な経験は、きっと凛花の人生にとっても二度と起こり得ない。

肉体だけじゃなく、魂の奥深くまで一つに繋がり溶け合うような、あの言葉にできない感覚は……。

「……不思議だね」

思わず口をついて出たのは、そんな言葉だった。

本当に心から不思議に思うのだ。あのとき、お腹に小さな命を授かり、紆余曲折を経て生まれた長男の遼矢も、もう五歳になった。

さらに幸いなことに、昨年冬に長女である果凛を出産し、母子ともに元気いっぱいで、家の中は朝から晩まで賑やかだ。すぐそばに実母の由布子が住んでいるし、遼介の叔母である礼子も頻繁に顔を見せ、なにかと子育てをサポートしてくれた。

遼矢はそんな二人によく懐き、二人も遼矢のことを猫可愛がりしてくれている。二人が泊まりに来たら遼矢は大喜びし、夜は祖母と大叔母の布団に潜り込んでは甘えていた。

凛花はそれを温かく見守りながら、遼矢が無条件に目いっぱい甘えられる、愛情深い親族に恵まれて幸せだなと、つくづく思う。

今、遼矢が五歳のこの時期を、可能な限り甘やかしてあげたい。両親からの、祖母からの、大叔母からの惜しみない愛情を、滝のように一身に浴びて過ごして欲しかった。そして、愛するということを、愛されるということを、その心にしっかりと刻みつけ、未来を生きていって欲しいのだ。

かつて幼かった凛花が、母の由布子にそうされたのと同じように。

凛花は自分がそうされたから、よくわかった。幼少の頃に愛情を注がれた経験は、遠い将来大きな糧となる。

少年期から青年期を過ぎると誰しも、「もうダメかもしれない」とどん底に落ちる瞬間がある。

そんなとき、愛された記憶がもうダメになりそうな自分を支え、手首をしっかりと掴み、どん底の深淵から引き上げてくれるのだ。

そうして、愛することの大切さを知り、愛したいと心から願うようになる。

この先、何十年も経ったあと、そのとき凛花がいなくても、愛された記憶がきっと遼矢を、そして果凛を護符のように守ってくれる……そのことが強く信じられた。

そのために今の自分ができる唯一無二のことは、日々のささやかな生活を大切に生き、遼矢と果凛を愛することだと思う。

二人をどれだけ大切に思っているかを言葉で伝え、笑顔で伝え、目線で伝え、できるだけたくさん抱きしめてあげたい。

甘やかし尽くしていいいんだと思う。社会の厳しさなんていずれ嫌でも社会が教えてくれるだろうし、それは自分の役割ではないと、凛花はあっけらかんと割り切っていた。

二十代の頃に比べ、社会の役に立ちたいとか、誰かに認められたいとか、そういう欲はなくなっていた。家事と子育てと、ひなまつりやクリスマスといった行事を丁寧にこなすのに精いっぱいで、それ以外のことはあまり重要だと思えない。

そういう自分自身の変化や、遼矢と果凛の成長に気づくたび、驚きに包まれながらもうれしい気持ちが湧き上がり、小さな狭い世界の中で毎日はとても満ち足りていた。

「もう六年前になるのかな。礼子さんに派遣されて、遼介さんのいるあのお屋敷に行ったのは」

凛花が懐かしい気持ちで言うと、遼介は「うん」とうなずく。

「……あいつ、元気にしてるかな」

遼介がポツリと言い、凛花はすぐに誰のことだかわかった。

二人にとって当時の事件は、もはや笑い話になりつつある。今が幸せであればあるほど、乗り越えた苦痛や試練を穏やかな気持ちで振り返ることができた。

笠井昭彦……いまだにその名は凜花をヒヤリとさせる。

昭彦を恐れているわけじゃない。今の昭彦に二人の生活へ干渉する力はないから、心配はまったくなかった。

田舎に移って静かに暮らしている遼介と凜花を、追い回すほど暇ではないだろう。

そうではなく、昭彦を狂気に陥らせ、凶行に走らせた遼介に対する強い妬み……凜花にとって身に覚えのある感情であり、昭彦の名はそれを思い出させるからだ。

六年前、渓谷に建つあの屋敷の一室で瀬田千里から遼介宛てのメールを読み、彼女のSNSを目にしたときの、この身を貫いた強い衝撃。

どす黒い感情がとめどなく湧き上がり、それが身の内にとぐろを巻き、身も心も灼熱の炎に焼き尽くされる心地だった。激しい憎悪か、悲しみか苦しみか、言葉にできない未知の激情に魂まで支配され、自分が自分ではなくなり、悪魔にでも変貌するような……

これが嫉妬なんだ、と愕然とした。

そんな恐ろしい感情が、ごく自然に自身の中に芽吹いた事実にも。

遼介を愛すれば愛するほど、その黒々とした邪悪な炎は強く高く燃え上がった。

遼介さんが私と結ばれず、千里さんのものになるならば、いっそ……

そんな風に魔が差す瞬間があった。と同時に、心の奥底ですんなり理解していた。

……ああ、たぶんこれだ。人がひとたびこんなチカラに支配されたなら、躊躇いもなく誰かを傷つけてしまう。

あらゆる手段を使い……デマを流し、濡れ衣を着せ、そのすべてを誰に知られることなく潰してやるという、強い殺意を持つに至るのは当然の帰結だと思えた。

純粋に強くなにかを欲し、それが叶わないと絶望したとき、人は鬼に変わるのだ。

自分が遼介を求めたように、昭彦は地位と名声を欲したんだ、きっと。

これが昭彦を狂わせ、遼介を社会的に抹殺したのと、まったく同じチカラなんだ……

そのことが実感レベルでわかった。そして、昭彦が異常な人間なのではなく、自分と昭彦になんら差異はないということも。自分はいつでも昭彦になれるということも。安穏とした平和な道を歩いているすぐ横に、暗黒の深淵がぽっかり口を開けており、誰もが簡単にそこへ落ちる可能性を秘めているのだ。

そのことを忘れてはならないと、凛花は肝に銘じている。

他人の持つ、あるいは自分の持つ、こういった感情とどう向き合えばいいか、いまだに答えは出ていなかった。けれど、その存在をしっかり自覚できたのは大きい。

このことについていつか、遼矢や果凛に話すことができたら……と願っていた。

「けど、あの事件があったからこそ、今に繋がってるんだ。凛花と遼矢と果凛のいる、この大変ながらも素晴らしき毎日にさ」

そう言う遼介がすごく幸せそうで、凛花まで胸がいっぱいになる。

「うん、そうだね。私、今が一番幸せだよ。もう、幸せすぎてなんだか申し訳なくなるぐらい。毎日忙しないけど、家族皆が健康で、元気いっぱいで、本当にうれしい」

「君はいつもそんなこと言ってるね。去年も一昨年もその前の年も、結婚してから毎日のように今が一番幸せ、って言ってないか？」

「……あっ、そうだったかな？　そういえばそうかも……」

すると、遼介はこちらを見て、ふっと相好を崩す。

「教会を見たあと、食事でも行こうか。せっかく今日は二人きりの時間だし、君はひさしぶりの都内だろ？」

凛花はうれしい気持ちでうなずく。

遼矢と果凛は礼子と由布子に預け、めずらしく二人きりの外出だった。

実は来年の春、遅ればせながら結婚式を挙げる予定で、今日はその下見に来たのだ。

凛花がささやかな式を望んだところ、遼介が教会を探してくれ、会場はすんなり決まった。

なにより、若御門一族を相手にささやかな式にするのが大変で、そこは遼介が東奔西走し、礼子の強力な口添えもあり、式だけは希望通りになったものの、披露宴がとんでもない規模になりそうだった。

それぐらいはしょうがないと凛花も覚悟を決めている。むしろ、あの華麗なる一族を前に、三つ指をついて「ふつつか者ですが……」と頭を下げるのは楽しくもあった。

一族はあまり凛花にいい顔はしないけど、遼矢や果凛に対してはそれなりの愛情を示してくれており、それだけで充分だ。一族の冷ややかな視線に晒され、彼らと関わりながらも自分自身をきっちり整えるのも、母親として大切なことだと思った。

――もしかしたらあなたが私を生かしてくれるかも、あなたの存在がもう一度社会と私を繋いでくれるかもしれないって、そんな風に思ったの。

いつか母の由布子が言っていた気持ちが、今ならわかる。現に、遼矢と果凛の存在が凛花を若御門家に、この街に、果てはこの世界に、繋ぎとめてくれていると感じていた。

「式のことだけど、僕たちより遼矢のほうが楽しみにしてるみたいだ。僕、あいつに新郎の座を奪われやしないかと気が気でないよ……」

妙な顔をして言う遼介がおかしくて、凛花は思わず噴き出してしまった。

「けど、こうしてあの子たちと離れると、もう寂しくなってるの。あんなに独りの時間が欲しいな、たまには夫婦だけの時間も欲しいな、なんて思ってたのに。いざその時間を手に入れても、遼矢と果凛のことばかり考えちゃって」

そんな凛花を、遼介はどこか眩しそうに見つめる。

その、穏やかで包み込むような眼差しに、凛花の胸は密かに高鳴った。

「じゃあ、今日は食事したら早めに帰ろうか」

そう言って遼介は凛花の手を取り、指と指を交差させ恋人繋ぎをしてくれる。

優しく頼もしい手のぬくもりに、心までポカポカする感じがした。

爽やかな秋晴れで、青い空はどこまでも高く澄み渡り、色づく木々の葉が美しい。

手を繋いで歩きながら、この幸せがいつまでも続きますようにと、凛花は小さく祈った。

◇◇◇

パイプオルガンの荘厳な音が鳴り響き、白いタキシードを着た遼介は顔を上げた。

視線の先に白い祭壇があり、十数メートルある巨大な十字架がこちらを向いている。

その奥には、大理石を薄く切り出した格子状の窓が天井まで続き、そこから柔らかい光が差し込み、まるで光の柱が立っているように見えた。

ここは都内にある教会。今日ここで、遼介と凛花の結婚式が執り行われる。

九月上旬のこの日は、遼介が凛花に初めて会った記念すべき日なのだった。

そろそろ新婦の入場だ。眼前の神父にうながされ、遼介は扉口のほうを振り返った。

真紅のヴァージンロードがまっすぐ伸び、両サイドの会衆席には新郎新婦の親族たちが座っている。

若御門家の一番前の席では、礼子が一歳になった果凛を抱いてニコニコしていた。幸いなことに、果凛はぐっすり眠っているらしい。

そのうしろには大叔父や大伯母をはじめ一族を代表する面々……すなわち、政財界の重鎮たちが着席し、かなり異様な圧を放っていた。

それでも、参列してくれるだけありがたいというものだ。昔は苦手だった頭の固い、難しい顔をした親戚のおじさん連中が、今はそんなに嫌いではなくなっていた。

彼らがことのほか遼矢や果凛に甘い顔を見せてくれた、というのもある。

自分が思っているほど彼らは嫌な奴ではないのかもしれないと、認識を改めた。

本日、指輪を運ぶリングボーイという大役を仰(おお)せつかった遼矢は、一丁前(いっちょうまえ)に蝶(ちょう)ネクタイをし、礼子の横で背筋を伸ばして座り、鼻の穴を膨らませている。

ようやくここまで来たか、と遼介は感慨深かった。

凛花と一緒になってすぐ遼矢が生まれ、二人にとって初めての子育てはてんやわんやの大騒ぎで挙式どころではなく、そうこうするうちに果凛が生まれたのだ。

遼矢が大きくなるにつれ、夫婦にも精神的な余裕が出てきて、かねてより「式を挙げたいね」と話し合っていたところ、ようやく実現することができた。

父親になるのっていいもんだな、と遼介はしみじみ思う。

息子の遼矢は可愛いし、娘の果凛への愛しさはひとしおで、こんな感動を味わわせてくれた妻の凛花には感謝しかない。

この家族を守るんだという強い想いが、今の自分の生きる原動力になっていた。

自分は変わったと思う。他人と接するとき、なるべく誠実であるよう努めるようになったし、仕事にも愛を持って取り組むようになった。

おかげさまで業績は順調で、以前のようにうなるほどの大金を荒稼ぎ……とはいかないが、親子四人が慎ましく暮らしていけるぐらいの収入は得られている。

家族を深く愛すればこそ、それを取り囲む世界のこともとても大切に思えた。

遼矢と果凛が生きる未来が、少しでも美しく優しい世界であるよう、今の自分にできることはたくさんあると思っている。

両開きの大扉がゆっくりと開いていき、遼介の意識はそこで現実に引き戻された。

まばゆい光を背に立っていたのは、純白のウェディングドレスに身を包んだ凛花だった。エスコーターとして、着物姿の由布子がその手を取っている。

凛花のほっそりしたボディを際立たせる、滑らかなマーメイドライン。手には白い薔薇のブーケをたずさえ、伏し目がちの美貌をヴェールが覆っている。

すごく清楚な印象なのに、長く広がる刺繍のあしらわれたトレーンは華やかで、そこへふわっとヴェールが放射状に下り、まるで美の化身がそこに降臨したかのようだった。

一歩ずつ近づいてくる花嫁を、遼介は息をするのも忘れて見惚れる。

いや、昔から美人だと思っていたし、今でも美人だと思っているが、今日の凛花は格別だった。可憐な上品さと、しっとりした色気に、神々しさが加わり、美の女神みたいだ。

こんなに素晴らしい女性が自分の妻なのかと、今さらながら遼介の胸は高鳴った。

凛花はどんどん綺麗になっている。もちろん人は誰しも老いるから、小皺ができたり、肌のツヤが消えたりするけど、そういうことじゃない。

結婚してからの凛花は、なにか自らの真の役割に目覚め、品性に満ち溢れている……そういう印象を受けた。

そんな彼女を尊敬し、恋焦がれ、尽きぬ憧れを抱き、愛してやまないのだ。

今までの人生、いろんなことがあった。たくさんの人を傷つけ、反対に深く傷つけられ、さまざまなことに挑戦し、成功を収めるのと同じ数だけ失敗もしてきた。

だが、この人生で最大の偉業は、凛花の実家のアパートで彼女にプロポーズしたことだ。

肩書も地位も名誉もなにもかもを捨てて裸一貫で、この魂たった一つだけで、「君を愛してる」と必死で訴えたのだ。

あとにも先にもあれほど勇気を出したことはなかったし、あれほどの恐怖を感じたこともなかった。自分の弱さも臆病さもダサさもすべて、さらけ出してぶつけたのだ。

自分は信じられないほど弱く、脆い生き物なんだと、あのとき初めて知った。

よくやったと思う。よくやったと、あのときの自分を褒めてやりたい。

いつも凛花を前にすると、自分がひどく卑小な人間になった気がしていたが、あの一世一代のプロポーズのおかげで、ほんの少しだけ自分を信じられるようになった。

あのとき勇気を出せたおかげで、今があるんだと思う。

僕は勝ち取ったんだ。愛する凛花と遼矢と果凛のいる、今の温かい生活を……

凛花はすぐ目の前までやってきて、静かに視線を上げた。

遼介は由布子に一礼したあと、歩み寄って凛花の手を取る。

このとき、由布子が澄んだ目を輝かせ「凛花をよろしくね！」と任せてきた気がした。

遼介は由布子に向かって小さくうなずく。

もちろんです。僕は凛花を、この家族を、人生を賭して守り抜くつもりです。

この先、どんなに苛酷な運命が僕らの前に立ちはだかったとしても、きっと凛花とてなら、乗り越えられる気がします。

少しでも明るく、幸せな未来に向かって、一緒に歩いていける気がするんです。

深い想いを込め、隣の凛花に目を遣る。

ねぇ、凛花。僕の人生には、君だけだ。

僕が生涯愛するたった一人の女性が、君なんだ。
これから二人でたくさんの楽しい思い出を作っていこう。遼矢と果凛も一緒に……
すると、凜花はこちらをかすかに見上げ、目を細めて微笑む。
雲ひとつない初秋の青空に、ウェディングベルが高らかに鳴り響いた。

本書は、2018年1月当社より単行本として刊行されたものに、書き下ろしを加えて文庫化したものです。


この作品に対する皆様のご意見・ご感想をお待ちしております。

おハガキ・お手紙は以下の宛先にお送りください。

【宛先】

〒150-6008 東京都渋谷区恵比寿4-20-3 恵比寿ガーデンプレイスタワー8F
(株) アルファポリス　書籍感想係

メールフォームでのご意見・ご感想は右のQRコードから、
あるいは以下のワードで検索をかけてください。

ご感想はこちらから

エタニティ文庫

君だけは思い出にしたくない

吉桜美貴

2021年3月15日初版発行

文庫編集－熊澤菜々子・塙綾子
発行者－梶本雄介
発行所－株式会社アルファポリス
〒150-6008 東京都渋谷区恵比寿4-20-3 恵比寿ガーデンプレイスタワー8F
TEL 03-6277-1601（営業） 03-6277-1602（編集）
URL https://www.alphapolis.co.jp/
発売元－株式会社星雲社（共同出版社・流通責任出版社）
〒112-0005 東京都文京区水道1-3-30
TEL 03-3868-3275
装丁イラスト－上條ロロ
装丁デザイン－ansyyqdesign
印刷－中央精版印刷株式会社

価格はカバーに表示されてあります。

落丁乱丁の場合はアルファポリスまでご連絡ください。

送料は小社負担でお取り替えします。


ISBN978-4-434-28633-9 C0193